AIKIKO - IM DIENST DES KAISERS

Die Hüter des Reiches

Geboren in ärmlichen Verhältnissen hat Aikiko schon früh erfahren, dass das Leben sehr hart sein kann. Der Vater schwer krank und die Mutter mit ihren Kräften am Ende, musste sie schon bald mit der Schule aufhören und arbeiten gehen, um den Lebensunterhalt der Familie zu sichern. So bekam sie eine Anstellung als Waschfrau in einem Badehaus im Zentrum von Osaka. Dort konnten die Leute sich entspannen und verwöhnen lassen. Manche blieben den ganzen Tag, weil es ihnen dort an nichts fehlte. Es wurde jeder Wunsch erfüllt, der bezahlbar war. So gab es auch einige Räume, wo sich Männer mit jungen Frauen vergnügen konnten. Aikiko wusste von diesen Räumen, weil sie dort auch dafür verantwortlich war, dass stets frische Wäsche vorhanden war. Sie störte sich nicht an den Leuten, die dort verkehrten. Einige kannte sie sogar persönlich und sie versprach Stillschweigen zu halten.

Pünktlich zum letzten Tag eines jeden Monats bekam Aikiko ihren Lohn. Dieses Mal sogar mit einem kleinen Bonus, denn es war Kirschblütenfest Hanami. Aikiko ging nach Hause, gab der Mutter das Geld und bedankte sich bei ihr für das Essen, was bereits auf dem Tisch stand. Die Mutter bedankte sich bei Aikiko, umarmte sie, drückte sie an sich, streichelte ihr übers Haar und küsste ihre Stirn. Dabei lief ihr eine Träne übers. Gesicht, weil sie es kaum ertragen konnte, dass dieses kleine Mädchen so hart arbeiten musste.

Eines Tages, als Aikiko sich am Flussufer aufhielt, um die Wäsche zu waschen, bemerkte sie einen ungewöhnlich gekleideten Mann, der im Schatten der Bäume stand und sie beobachtete. Seine Augen schienen sie zu durchdringen. Aikiko zögerte einen Moment, bevor sie entschied, auf ihn zuzugehen. Der Fremde stellte sich als Asano vor, ein älterer Mann mit einer tiefen, rauchigen Stimme. Er sagte, dass er sie schon eine Weile beobachte und erzählte von einem Bündnis, den "Hütern des Reiches", die im Verborgenen für den Kaiser arbeiteten. "Wir suchen nach begabten und talentierten Menschen wie dir", sagte er. "Menschen, die bereit sind, im Hintergrund das Reich zu schützen." Die Worte von Asano trafen Aikiko wie ein Schlag. Sie fühlte, dass dies die Gelegenheit war, nach der sie innerlich schon immer gesucht hatte. Ihre Augen leuchteten, als sie zustimmte, sich ihnen anzuschließen. Asano erklärte, dass er sie schon eine geraume Zeit beobachtete, weil er gehört hatte, dass Aikiko besondere Fähigkeiten besass, die nicht zu erklären sind. Genau diese

Fähigkeiten sind es, die einen wahren Ninja ausmachen.

Die Hütten von Osaka schliefen im warmen Licht des frühen Morgens, als Aikiko ihr Bündel packte. Das Leben als einfache Waschfrau hatte sie nie erfüllt, und sie spürte, dass ein größeres Schicksal auf sie wartete. Ihre Gedanken schweiften zur Legende der Ninja, von der sie als Kind gehört hatte - Schattenkrieger, die im Dienst des Kaisers standen und die Fähigkeiten besaßen, die sich jenseits der Vorstellungskraft der meisten Menschen bewegten. Plötzlich klopfte es an der Tür. Aikiko öffnete und sah, dass Asano da war, um sie abzuholen. Sie bat ihn hereinzukommen. Aikiko's Eltern erwarteten ihn schon, um zu erfahren, wie es für sie nun weitergehen soll, jetzt wo ihre Tochter nicht mehr für sie sorgen könne. Er erklärte, dass es eine Ehre sei, dem Kaiser zu dienen und dass sie sich keine Sorgen machen müssten. Es werde gut für beide gesorgt. Es sei aber wichtig, niemandem etwas zu verraten. Aikiko stand mit gepacktem Bündel da, im Zwiespalt mit sich und einem Gefühl von Angst aber gleichzeitig auch Freude auf, dass, was kommen wird. Dann verliessen beide die Hütte und machten sich auf den Weg. Asano ging noch einmal zurück ins Haus der Eltern, sprach noch einmal eindringlich mit ihnen und sagte, dass es vermutlich besser sei, wenn sie den Ort, an dem sie lebten, verlassen würden, schliesslich wussten sie, dass dieser Tag eines Tages kommen würde. Dann ging er hinaus und schloss die Tür hinter sich.

Aikiko trat in eine Welt ein, die voller Geheimnisse und Mysterien war. Sie wurde zur Ninja-Schule geführt, einem abgelegenen Ort, der von dichten Wäldern umgeben war. Das Gebäude war von außen unscheinbar, aber sein Inneres barg ein Labyrinth aus Trainingsräumen, Waffenkammern und versteckten Gängen. Ihr erster Tag in der Schule war ein Wechselbad der Gefühle. Die Schüler, darunter junge Männer und

Frauen mit verschiedenen Hintergründen, sahen sie misstrauisch an. Aikiko war die Neue, und sie musste sich ihren Respekt verdienen. Unter der Leitung von Asano und anderen erfahrenen Ninjas begann ihre harte Ausbildung. Sie lernte, wie man sich lautlos bewegte, wie ein Windhauch über den Boden glitt, wie man sich in Schatten versteckte und wie man Geräusche und Bewegungen in der Umgebung wahrnahm. Stundenlang balancierte sie auf schmalen Balken über gefährliche Gruben und schlich sich durch ein Labyrinth aus Fallen und Hindernissen. Ihre Muskeln brannten vor Anstrengung, und ihre Hände waren von den zahllosen Übungen rau geworden. Aber sie gab nicht auf. In den folgenden Wochen und Monaten wurde sie Tag für Tag stärker, geschickter und unauffälliger.

Die Ausbildung war erbarmungslos und fordernd. Aikiko wurde in den Umgang mit Waffen eingewiesen, angefangen von Wurfmessern bis hin zu einem kunstvoll gefertigten Schwert. Sie lernte die tödlichen Angriffstechniken der Ninja und die Kunst, ihren Feinden im Handumdrehen den Garaus zu machen. Ihre Nächte verbrachte sie in meditativer Stille, um ihre Sinne zu schärfen und ihre Gedanken zu kontrollieren. Sie übte sich darin, Stunden ohne Schlaf auszukommen und dennoch hellwach zu sein. Doch es war nicht nur physische und mentale Stärke, die Aikiko erlernen musste. Sie wurde in die Geheimnisse der Spionage, der Sabotage und der Diplomatie eingewiesen. Die Ninja waren nicht nur Kämpfer, sondern auch Meister der Täuschung und des strategischen Denkens. Mit jeder bestandenen Prüfung und jedem gemeisterten Trainingsszenario wuchs Aikikos Selbstvertrauen. Sie hatte sich von einer einfachen Waschfrau zu einer aufstrebenden Ninja entwickelt. Aber sie wusste, dass ihre größte Herausforderung noch bevorstand - die

Bewährungsprobe, die ihr den Weg in die Reihen der Schattenerben öffnen würde.

Die Nacht war tiefschwarz, nur vom bleichen Licht des Vollmonds erleuchtet. Inmitten dieser undurchdringlichen Dunkelheit bewegte sich Aikiko, die junge Frau mit glänzendem, rabenschwarzem Haar und entschlossenem Blick, geräuschlos durch den dichten Nebel. Ihr Herz pochte vor Aufregung, als sie sich einem abgelegenen Dojo näherte, das von schier undurchdringlichen Bambuswäldern umgeben war. Aikiko trug ein enganliegendes, dunkles Gewand, das sie vor den neugierigen Blicken der Welt verbarg. Ihre Schritte waren leicht und flink, ein Zeichen der Ausbildung, die sie bereits erhalten hatte. Am Eingang des Dojos erwartete sie Meister Hiroshi, ein imposanter Mann mit langen grauen Haaren, die im Wind sanft flatterten. Seine Augen waren scharf und durchdringend, und seine Präsenz strahlte eine Aura von

Weisheit und Stärke aus. Er begrüßte Aikiko mit einem leichten Lächeln, das ihre Nervosität linderte. "Willkommen in unserer Welt, Aikiko", sagte er mit einer tiefen, beruhigenden Stimme. "Hier wirst du die Kunst der Ninja erlernen, die Kunst des Schattens."

Die nächsten Wochen waren intensiv und anspruchsvoll. Aikiko wurde in die Grundlagen der Gesetze der Ninjas eingeweiht. Sie lernte, sich in ihrer Umgebung zu verbergen, sich lautlos zu bewegen und selbst im hellsten Tageslicht unsichtbar zu werden. Meister Hiroshi lehrte sie die Kunst des Verschmelzens mit der Dunkelheit und die Bedeutung der Geduld. Stundenlang verharrte sie bewegungslos, bis sie eins wurde mit den Schatten um sie herum. Die Kunst des Schleichens wurde zu Aikikos täglicher Aufgabe. Sie kroch durch dichtes Gestrüpp, balancierte auf schmalen Balken, über reißende Flüsse und übte sich darin, in den Schatten zu verschwinden. Ihr Körper fühlte sich oft an, als wäre er gebrochen, aber ihr Geist war unbeugsam. Sie lernte, jeden Atemzug zu kontrollieren, um selbst das leiseste Geräusch zu vermeiden. Doch die Ninja waren nicht nur Meister des Verbergens. Sie waren auch tödlich im Umgang mit Waffen. Aikiko wurde in den Einsatz von Wurfmessern, Schwertern und anderen tödlichen Werkzeugen eingewiesen. Jede Bewegung wurde bis zur Perfektion wiederholt, bis sie zur zweiten Natur wurde. Sie lernte, wie man einen Feind in einem Augenblick ausschaltet und dann im nächsten verschwindet, bevor irgendjemand wusste, was geschehen war.

Jede Nacht, wenn der Mond am höchsten stand, führte Meister Hiroshi Aikiko in die mystischen Aspekte der Ninja-Kunst ein. Sie lernte über die Macht der Meditation, die Kontrolle über ihren Atem und die Verbindung zur Natur um sie herum. Sie spürte, wie sich die Energie der Erde durch ihre Adern bewegte und wie die Dunkelheit selbst ihr Freund wurde. Mit jedem Tag, den Aikiko in dieser geheimnisvollen Welt verbrachte, wuchs ihr Vertrauen und ihre Fähigkeiten. Sie wurde zur Schattenkriegerin, einer Meisterin der Tarnung, des Schleichens und der Waffenkunst. Doch sie wusste, dass dies erst der Anfang war. Die Reise hatte gerade erst begonnen, und sie war bereit, alles zu geben, um die Geheimnisse der Schatten zu meistern und ihren Dienst dem Kaiser anzutreten. So schloss Aikiko ihre Ausbildung ab und konnte sich nun Kunoichi nennen, eine weibliche Ninja.

Auftrag des Kaisers

Der Frühling zeigte sein zartes Gesicht, als Aikiko sich in einer tiefen Verbeugung vor dem Kaiser im Hof des Dojos niederließ. Die zarten Kirschblütenblätter tanzten im Wind, während der mächtige Kaiser Hiroto sie sorgfältig musterte. Sein Blick war ernst, seine Worte schwerwiegender als das Gewicht eines Berges. "Kunoichi Aikiko", begann der Kaiser mit einer tiefen, autoritären Stimme, "eine Mission von äußerster Wichtigkeit wartet auf dich. Eine Mission, die unser Reich retten könnte, oder in Dunkelheit stürzen, wenn sie fehlschlägt. Ich weiss, dass du eine der besten Schülerinnen warst, die Meister Asano je ausgebildet hat. Deshalb vertraue ich dir diese schwierige Aufgabe an." Aikiko senkte ihren Kopf in Ehrfurcht und erwiderte, "Eure Majestät, ich bin bereit, euren Befehlen zu folgen." Der Kaiser nickte, seine Augen hatten eine Mischung aus Stolz und Sorge. "Tief in den finsteren Weiten des Iga-Clans gibt es eine Schriftrolle, die uralte Mächte und Geheimnisse unseres Landes birgt. Diese Schriftrolle darf niemals in die falschen Hände geraten." Aikiko konnte den Ernst in seiner Stimme spüren. Der Iga-Clan war berüchtigt für seine mörderischen Taten und seine Loyalität zu feindlichen Kräften. Die Vorstellung, sich allein in ihr Territorium zu begeben, erfüllte sie mit einer Mischung aus Furcht und Entschlossenheit. "Die Mission wird vertraulich bleiben", fuhr der Kaiser fort. "Ihr werdet alleine handeln. Eure Fähigkeiten als Kunoichi sind unerreicht, und ich setze mein Vertrauen in euch. Doch wisst, Aikiko, die Gefahr ist real, und die Schriftrolle muss um jeden Preis beschafft werden."

Mit einer tiefen Verneigung versprach Aikiko, den Auftrag des Kaisers mit ihrem Leben zu erfüllen. Ihr Herz war ein Schlachtfeld von Emotionen - Stolz, Furcht aber auch Mut. Die Mission, die vor ihr lag, würde ihre Fähigkeiten die härteste Probe stellen.

Die Vorbereitungen für ihre Reise begannen sofort. Aikiko erhielt eine detaillierte Karte der Iga-Territorien und sie wurde mit den Informationen über den vermuteten Standort der Schriftrolle vertraut gemacht. Ihre Kampfausrüstung waren Wurfmesser, einem scharfen Schwert und ein handlicher Enterhaken. Ihr dunkles Ninja-Gewand war perfekt an ihre schlanke Gestalt angepasst.

Im Schutz der Dunkelheit brach Aikiko auf und betrat das gefährliche Gebiet des Iga-Clans. Der erste Schritt auf ihrem Weg, die Schriftrolle zu beschaffen und das Reich zu schützen, war getan, aber vor ihr lagen unzählige Herausforderungen und Feinde, die darauf warteten, sie zu entdecken. Der Wind trug den Duft von Kirschblüten mit sich, während sie sich in die Finsternis wagte, auf die gefährlichen Reise.

Der Weg zum Iga-Clan führte Aikiko durch dichte Wälder, in denen die Bäume so dicht standen, dass kaum ein Sonnenstrahl hindurchdrang. Die Pfade, die sich durch das Dickicht schlängelten, waren schmal und von dichtem Unterholz gesäumt. Vögel sangen in den Baumkronen, und der Duft von feuchtem Moos hing in der Luft. Sie folgte der sorgfältig gezeichneten Karte, die ihr der Kaiser überreicht hatte, und wich den gefährlichen Sumpfgebieten aus, die in der Nähe waren. Nachts, wenn der Mond hoch am Himmel stand, schlich sie sich vorsichtig weiter, um die Aufmerksamkeit der feindlichen Späher zu vermeiden. Tag für Tag kam sie dem Territorium des Iga-Clans näher, einem Ort, von dem man sagte, dass er von tödlichen Fallen durchzogen war. Ihre Reise war noch lange nicht vorbei, und die wahren Gefahren sollten erst noch auf sie warten, während sie sich dem Herz der Finsternis näherte.

Der Wald, der sich vor Aikiko erstreckte, war Dunkel und voller Gefahren. Je tiefer sie in das Territorium des Iga-Clans eindrang, desto dichter schienen die Bäume und desto stärker wurde die Dunkelheit. Es kam ihr so vor, als hätte die Natur selbst beschlossen, diesen Ort für die Augen der Welt zu verschleiern. Während sie sich durch den Wald bewegte, bemerkte Aikiko seltsame Markierungen auf den Bäumen. Sie waren tief in die Rinde eingeritzt und erinnerten sie an alte Schriftzeichen, die sie nicht genau identifizieren konnte. Ihre Neugier trieb sie dazu, diesem geheimnisvollen Pfad zu folgen.

Schließlich führten die Markierungen sie zu einer verfallenen moosbedeckten Hütte. Der Duft von frischen Blumen hing in der Luft, und die Vögel schienen hier besonders lebhaft zu sein. In der Hütte befand sich eine verstaubte Tafel, auf der eine uralte Prophezeiung in vergilbter Schrift geschrieben war. Aikiko las die Worte langsam und eindringlich: "Die

Schatten werden erwachen, wenn die Tochter des verlorenen Clans den Pfad der Ninja betritt. Ihr Schicksal wird das Reich entscheiden."

„Von wem war da die Rede? Es ist doch nicht möglich, dass ich gemeint bin, oder?" Ein Schauer durchlief sie. Die Prophezeiung schien auf sie hinzuweisen, doch sie konnte den wahren Sinn dahinter nicht begreifen. Wer war dieser "verlorene Clan", von dem die Prophezeiung sprach, und welches Schicksal sollte sie erfüllen?

Während sie sich weiter auf die Suche nach der Schriftrolle begab, fand Aikiko weitere Hinweise, die auf ihre mysteriöse Herkunft hinzudeuten schienen. Die Prophezeiung ließ Aikiko über ihre eigene Herkunft nachdenken und ob sie wirklich die Person sein könnte, auf die sich die Prophezeiung bezog.

Als sie sich eines Abends in einem Mönchskloster ausruhte, entdeckte

Aikiko ein Gemälde, das eine junge Frau mit erstaunlicher Ähnlichkeit zu ihr zeigte. Die dunklen Augen und das schwarze Haar der Frau auf dem Gemälde schienen unverkennbar mit Aikiko in Verbindung zu stehen. Ein Sōhei-Mönch des Klosters erzählte ihr von einer alten Legende über eine verlorene Prinzessin, die im Wald verschwunden war. Diese Prinzessin sollte eine entscheidende Rolle in der Zukunft des Reiches spielen, doch ihr Schicksal blieb ein Rätsel. Der Mönch, der ihr die Legende über die verlorene Prinzessin erzählt hatte, reichte Aikiko ein Buch. "Dieses Tagebuch gehörte einst einem Mitglied dieses Clans, dem die Prinzessin angehörte", sagte er. "Es ist mit Rätseln und Geheimcodes versehen, die nur Mitglieder des Clans entschlüsseln können. Es erzählt von einer faszinierenden Vergangenheit und wird euch sicher weitere Hinweise auf eure Herkunft liefern." Aikiko nahm das Tagebuch in die Hände und spürte die

Jahre der Geschichte, die in seinen Seiten eingefangen waren. Die Buchstaben waren in altem, kunstvollem Schriftbild geschrieben, und die Seiten waren von kunstvollen Illustrationen und seltsamen Symbolen gesäumt. Sie konnte erkennen, dass es sich um eine Art Geheimschrift handelte, die sie zuvor schon einmal gesehen hatte und die ihr seltsam bekannt vorkam.

Die erste Seite war mit einer einfachen Überschrift versehen: "Die Reise der Verlorenen". Aikiko begann zu lesen und tauchte ein in die faszinierende Geschichte einer jungen Frau, die von ihrem Clan getrennt wurde und sich auf eine gefährliche Reise begab, um eine alte Prophezeiung zu erfüllen. Sie las von Abenteuern, Gefahren und von der Bedeutung ihrer eigenen Existenz in den Wirren des Reiches. Die Einträge im Tagebuch führten sie tiefer in die Vergangenheit des Clans und in die Wurzeln der Prophezeiung, die ihr eigenes Schicksal zu beeinflussen schien.

Doch die Einträge waren auch in rätselhafte Symbole gehüllt, die die wahre Bedeutung verschleiern. Aikiko fühlte, dass sie vor einer gewaltigen Aufgabe stand, die Geheimnisse des Tagebuchs zu entschlüsseln und die Wahrheit über ihre Herkunft und ihre Rolle im Reich zu finden. Die Umschreibungen des verschlüsselten Tagebuchs eröffnete Aikiko eine neue Ebene der Rätsel und Geheimnisse in ihrer Reise. Sie wusste, dass sie sich auf die Herausforderung einlassen musste, die Codes zu knacken und die Wahrheit zu enthüllen, wenn sie jemals die Puzzleteile ihrer eigenen Vergangenheit zusammensetzen wollte. Mit dem Tagebuch im Gepäck machte sie sich bereit, die Reise in die Tiefen des Waldes, des Iga-Clans und die nächsten Schritte ihrer aufregenden Suche, anzutreten. Der Mönch verabschiedete Aikiko und sie begab sich auf den Weg zu einem alten, verlassenen Schrein, von dem Ihr der Sōhei-Mönch erzählt hatte. Sie solle aber überaus vorsichtig sein, der Weg dorthin sei voller Gefahren und man sagt, es gäbe seltsame Wesen in den Wäldern. Niemand hätte diese zwar je gesehen, aber an Legenden sei immer etwas Wahres.

Nach einem Tag hatte Aikiko den verlassenen Schrein tief im Iga-Wald erreicht und sie ging vorsichtig hinein. Vor ihr lag ein steinerner Altar, auf dem eine kleine, mit Ranken verzierte Truhe stand. In seinem Inneren entdeckte sie einen schlichten, aber auf unheimliche Weise faszinierenden Anhänger. Der Anhänger war aus dunklem Holz und trug ein Symbol, das Aikiko seltsam vertraut vorkam - ein Drache, der sich um ein Schwert wand und von einer Schlange umschlungen wurde. Doch auf der Rückseite schien etwas zu fehlen. Es sah aus, als würde dieser Anhänger aus zwei Teilen bestehen und dies war nur eine Hälfte. Sie spürte, dass dieser Anhänger etwas Besonderes sein musste, auch wenn sie nie zuvor ein solches Symbol gesehen hatte.

Als sie sich den Anhänger um den Hals legte, spürte sie, wie ein Hauch von Energie durch ihren Körper strömte. Ein Schauer lief ihr über den Rücken, und sie erkannte, dass dieser Anhänger magische Eigenschaften haben musste. Er schien mit einer alten Macht verbunden zu sein, die darauf wartete, entfesselt zu werden. Mit dem Anhänger um ihren Hals setzte Aikiko ihre Reise fort. Sie bemerkte, dass er ihr erstaunliche Fähigkeiten verlieh - ihre Sinne wurden schärfer, und sie konnte die Anwesenheit von Gefahren in ihrer Umgebung förmlich spüren. Das Schwert, das sie trug, wurde unter dem Einfluss des Anhängers auch irgendwie magisch, noch schärfer und tödlicher. Während sie tiefer in das Herz des Iga-Clans vordrang, setzte Aikiko merkte sie, wie der Anhänger sie vor Gefahren und tödlichen Fallen zu schützen schien und so konnte sie sich lautlos an Feinden vorbeischleichen. Sie spürte, dass der Anhänger irgendwie mit ihr eine Verbindung aufbaute und so zu einem mächtigen Werkzeug auf ihrer Reise wurde.

Im Laufe der Zeit begann Aikiko, das Geheimnis des Anhängers zu entschlüsseln. Sie fand Hinweise darauf, dass er einst von einem legendären Ninja aus dem verlorenen Clan getragen wurde, ein Ninja, der eine wichtige Rolle in der Geschichte des Reiches spielte. Der Anhänger schien mit den Kräften des Drachens, des Schwertes und der Schlange verbunden zu sein - Symbole von Stärke, Geschicklichkeit und List.

Mit dem Anhänger als ihrem treuen Begleiter fühlte sich Aikiko mutiger und entschlossener als je zuvor. Sie wusste, dass dieser magische Gegenstand sie auf ihrer Suche nach der Schriftrolle und der Wahrheit über ihre eigene Herkunft leiten würde. Die Macht des Anhängers würde ihr auf ihrer Reise unzählige Male von Nutzen sein und sie in gefährlichen Situationen schützen.

Mit jedem Schritt, den sie in die Dunkelheit des Iga-Clans setzte, wurde die Geschichte des Anhängers und ihre eigene immer enger miteinander verknüpft, und Aikiko fühlte, dass sie auf dem Weg zu einer epischen Enthüllung war. Diese Hinweise irritierten Aikiko zwar und warfen viele Fragen über ihre eigene Herkunft auf, aber sie konnte erstaunlich gut mit den neuen Erkenntnissen über sich selbst, umgehen. Sie hatte nie viel über ihre Vergangenheit gewusst, außer dass sie als Findelkind im Dorf der Fischer aufgewachsen war. Die Prophezeiung und die Legende schienen auf eine tiefere Verbindung zwischen ihr und einer lang verlorenen Geschichte hinzuweisen, die nun in den dunklen Wäldern des Iga-Clans auf sie wartete. Verwirrt und voller Fragen setzte Aikiko ihre Reise fort, tiefer in das Herz des Iga-Clans. Die Dunkelheit des Waldes und die

Geheimnisse ihrer eigenen Vergangenheit umgaben sie wie ein Schleier, der nur darauf wartete, gelüftet zu werden.

Im Land des Feindes

Aikiko hatte sich tief in das Territorium des Iga-Clans gewagt, getarnt als eine unauffällige Reisende, die in den düsteren Wäldern Schutz suchte. Ihr dunkles Ninja-Gewand hatte sie gegen einfache Kleidung ausgetauscht, und sie trug den mysteriösen Anhänger, der ihr nicht nur besondere Fähigkeiten verlieh, sondern sie auch irgendwie zu Schützen schien. Ihre Mission war klar: Sie musste die verschollene Schriftrolle aus dem Herzen des Iga-Clans stehlen, bevor diese in die Hände der Feinde fiel. Ihre Reise hatte sie tief in das Zentrum des Clans geführt, wo sie sich unter die Bewohner mischte und nach Hinweisen auf den Aufbewahrungsort der Schriftrolle suchte. Doch je tiefer sie in die Struktur des Iga-Clans eindrang, desto mehr unerwartete Bedrohungen enthüllten sich. Aikiko sah, dass es innerhalb des Clans Fraktionen gab, die sich gegenseitig misstrauten und im Verborgenen um die Kontrolle rangen.

Ein gefährlicher Konflikt brodelte unter der Oberfläche, und sie ahnte, dass er das Reich ins Chaos stürzen könnte.

Die Spannungen im Iga-Clan hatten bereits seit Generationen geschwelt. Zwei einflussreiche Fraktionen, die um die Kontrolle über den Clan rangen, hatten das Territorium in zwei Lager gespalten. Die eine Fraktion, angeführt von Hanzo, einem mächtigen und rücksichtslosen Ninja, strebte nach einer aggressiven Expansion des Clans. Hanzo glaubte an die Stärke des Clans und wollte die benachbarten Territorien unterwerfen. Seine Anhänger waren Krieger, die nach Macht und Ruhm strebten.

Die andere Fraktion, geleitet von Kiyomi, einer klugen und diplomatischen Kunoichi, verfolgte einen friedlicheren Ansatz. Sie glaubte an die Notwendigkeit von Allianzen und wollte den Iga-Clan als neutralen Vermittler zwischen den Reichen etablieren. Kiyomis Anhänger bevorzugten Verhandlungen und Spionage gegenüber offener Konfrontation.

Der Konflikt zwischen diesen beiden Fraktionen hatte den Iga-Clan geschwächt und die Sicherheit des Reiches gefährdet. Spionage, Sabotage und geheime Intrigen waren an der Tagesordnung. Die einstige Einheit des Clans war zerbrochen, und der Clan war auf dem besten Weg, sich selbst zu zerstören.

Aikiko hatte die Fehde zunächst beobachtet, als sie sich in den Clan einschlich. Doch sie erkannte schnell, dass der interne Konflikt eine noch größere Bedrohung darstellte als der Diebstahl der Schriftrolle. Wenn der Iga-Clan weiterhin in Chaos und Zwietracht versank, würde das Reich verwundbar sein und von äußeren Feinden überrannt werden können. Ihr Auftrag, die Schriftrolle zu stehlen, hatte plötzlich eine tiefere Bedeutung angenommen.

Aikiko wusste, dass sie nicht nur den Iga-Clan gegen sich hatte. Ihre Mission wurde zu einem verzweifelten Versuch, den Iga-Clan zu retten und das Reich vor dem Untergang zu bewahren.

Die Nächte verbrachte sie damit, die Wachmänner und die Sicherheitsvorkehrungen des Clans auszuspionieren. Sie hatte ihre Sinne geschärft, dank des magischen Anhängers, den sie trug. Mit ihm konnte sie die feindlichen Absichten ihrer Widersacher erkennen und Gefahren rechtzeitig erkennen. Eines Nachts, als der Regen leise auf die Blätter der Bäume prasselte, schlich Aikiko, wieder als Kunoichi gekleidet, sich in das Herz des Iga-Clans, wo Gerüchte besagten, dass dort die Schriftrolle aufbewahrt wurde. Sie durchquerte schmale Gänge, die von Fackeln beleuchtet wurden, und wandte ihre Tarnungskünste an, um unbemerkt zu bleiben.

In einer geheimen Kammer, tief unter der Erde, entdeckte sie schließlich die Schatulle mit der Schriftrolle. Es war ein kunstvoll verzierter Behälter, verschlossen und bewacht. Aikiko setzte all ihre Fähigkeiten ein, um die Wachen auszuschalten und die Schriftrolle an sich zu nehmen. Doch als sie die Schriftrolle in ihren Händen hielt, spürte sie plötzlich eine finstere Präsenz um sich herum. Aus dem Dunkel tauchten Gestalten auf, die nicht dem Iga-Clan angehörten, sondern einer unbekannten, dunklen Organisation.

Der Anführer, ein Mann mit kalten Augen und einem Lächeln voller Bosheit, sprach: »Du hast die Schriftrolle gefunden, aber du hast auch unsere Aufmerksamkeit erregt, Kunoichi. Wir sind Ninjas, die Schattenkrieger und Hüter der Schriftrolle und wir werden nicht zulassen, dass du sie in die Hände bekommst.« Die Krieger umzingelten Aikiko in der dunklen Kammer, in der sie die gestohlene Schriftrolle in den

Händen hielt. Der Anführer, der "Meister der Schatten", lächelte kalt und sagte: "Du willst die Schriftrolle? Dann Kunoichi, musst du an uns vorbei. Es wird dir nicht gelingen, also lege sie wieder zurück und verschwinde von hier."

Aikiko zog ihr Schwert und stellte sich den Eindringlingen mutig entgegen. Der Anhänger um ihrem Hals fing an zu leuchten und sie spürte, wie er ihre Kräfte zu verstärkten schien. Doch die Ninjas der dunklen Organisation waren keine gewöhnliche Bedrohung. Ihre Mitglieder waren Meister der dunklen Künste, und der Kampf, der nun entbrannte, würde ein harter und gefährlicher sein. Die Dunklen Kämpfer griffen Aikiko an, sie wich geschickt mit ihren blitzschnellen Bewegungen aus. Sie spürte, die Dunkle Magie und versuchte, ihr zu entfliehen. Ihr Anhänger schien ein Schutzschild gegen diese dunklen Kräfte zu bilden und so konnte sie den Angriffen ihrer Gegner ausweichen. Inmitten des Kampfes bemerkte Aikiko, dass die

Dunklen Kämpfer nicht nur nach der Schriftrolle suchten, sondern auch nach dem verschlüsselten Tagebuch, das sie vom Mönch erhalten hatte. Offenbar hatten sie von den geheimen Hinweisen auf Aikikos Herkunft erfahren und wollten diese Informationen für ihre eigenen finsteren Zwecke nutzen. Der Kampf tobte weiter und Aikiko kämpfte verbissen gegen die Ninjas. Sie spürte, dass sie nicht nur für die Schriftrolle und ihr eigenes Überleben kämpfte, sondern auch für das Wohl des Reiches. Die Dunkle Organisation war eine echte Bedrohung, und sie durfte nicht zulassen, dass sie die Macht der Schriftrolle und die Geheimnisse des Tagesbuches in die Hände bekamen. Einen nach dem Anderen konnte sie ausschalten und schließlich gelang es Aikiko, den Anführer in einem erbitterten Duell zu besiegen. Doch der Preis war hoch. Die Schriftrolle war in den Kämpfen beschädigt worden, und der Anführer der Dunklen Organisation hatte in seinen letzten Atemzügen eine düstere Prophezeiung ausgesprochen: "Das Reich wird in Dunkelheit versinken, und keine Macht der Welt kann es aufhalten." Aikiko wusste, dass sie die Schriftrolle so schnell wie möglich dem Kaiser übergeben musste und ihm auch von den Schattenkriegern berichten, um das Reich vor der drohenden Gefahr zu schützen. Doch sie konnte die Worte des Anführers nicht vergessen. Diese Ninja-Meister waren eine unheilvolle Bedrohung, und der Kampf gegen sie war noch lange nicht vorbei. Mit der beschädigten Schriftrolle in der Hand machte sich Aikiko auf den gefährlichen Weg zurück zum Kaiserhof, bereit, sich einer ungewissen Zukunft und neuen Herausforderungen zu stellen.

Aikiko hatte eine unerwartete Bedrohung aufgedeckt, die nicht nur den Kaiser, sondern auch das gesamte Reich gefährdete. In diesem Moment wusste sie, dass sie nicht nur gegen den Iga-Clan kämpfte, sondern auch gegen eine mächtige und finstere Verschwörung, deren Ziele und Absichten im Dunkeln verborgen waren. Ihre Mission war komplizierter und gefährlicher geworden, doch sie hatte keine andere Wahl, als sich den Schatten des Feindes zu stellen.

Ein Bündnis der Notwendigkeit

Aikiko kehrte zum Kaiserhof zurück, die beschädigte Schriftrolle fest in ihrer Hand. Sie war sich bewusst, dass sie nicht nur gegen den Iga-Clan und die Dunkle Organisation kämpfte, sondern auch gegen die Zeit. Die letzten Worte des Anführers der Schattenkrieger hallten in ihrem Kopf wider, und sie wusste, dass das Reich einer unheilvollen Bedrohung gegenüberstand.

Aikiko kam zum Kaiser, übergab ihm die Schriftrolle und entschuldigte sich dafür, dass diese beschädigt sei. Dann erzählte sie ihm von ihren Erlebnissen und der Dunklen Organisation, den Schattenkriegern und den letzten

Worten des Anführers. Der Kaiser, der die Dringlichkeit der Situation erkannte, entschied, dass es an der Zeit war, alte Feindschaften beiseitezulegen und ein Bündnis mit dem Iga-Clan zu schmieden. Er lud die Anführer beider Fraktionen, Hanzo und Kiyomi, zu einem Treffen ein. In einem abgelegenen Saal des Kaiserpalastes kamen die beiden rivalisierenden Fraktionsführer zusammen, begleitet von ihren besten Kämpfern. Aikiko stand an der Seite des Kaisers. Die Atmosphäre im Raum war angespannt, und Misstrauen lag in der Luft. Doch der Kaiser sprach mit ruhiger, bestimmter Stimme: "Wir stehen vor einer gemeinsamen Bedrohung, die das Reich in Dunkelheit stürzen könnte. Wir müssen unsere Differenzen beiseitelegen und zusammenarbeiten, um diese Gefahr abzuwenden." Hanzo und Kiyomi tauschten skeptische Blicke aus, doch sie erkannten die Wahrheit in den Worten des Kaisers. Die Dunkle

Organisation war eine Bedrohung, die niemand ignorieren konnte.

Mit einer ehrfürchtigen stille im Saal begann der Kaiser, aus der Schriftrolle vorzulesen. Seine Worte füllten den Raum und hüllten alle in eine Aura der Spannung. "In ferner Zukunft, wenn der Drache seine Klauen ausstreckt und der Phönix in Dunkelheit gehüllt wird, wird das Reich in eine Ära der Finsternis eintreten." Die Anwesenden hörten gespannt zu, während der Kaiser die uralten Worte fortsetzte: "Ein Krieger des Lichts wird auftauchen, begleitet von einem Schatten, der in der Dunkelheit wandelte. Gemeinsam werden sie das Reich vor der Dunkelheit bewahren."

Der Kaiser blickte auf und sah in die Augen seiner Berater, die mit gemischten Gefühlen erfüllt waren. Die Prophezeiung klang wie eine Warnung vor einer Bedrohung, die das Reich verschlingen könnte. "Dies sind die Worte der Ahnen", fuhr der Kaiser fort, "und es ist unsere Pflicht, das Schicksal des Reiches zu wahren. Wir müssen den Krieger des Lichts finden und ihm beistehen, denn das Schicksal unseres Volkes liegt in seinen Händen." Die Schriftrolle wurde wieder sorgfältig zusammengerollt, und der Saal erfüllte sich mit einem erhabenen Schweigen. Alle wussten, dass die Dunkelheit näher rückte, aber die Prophezeiung gab ihnen Hoffnung, dass ein Krieger des Lichts auftauchen würde, um das Reich zu retten. Die Worte der Schriftrolle hallten in den Köpfen der Anwesenden wider, und der Kaiser wusste, dass es an der Zeit war, nach diesem Krieger des Lichts zu suchen, der das Schicksal des Reiches in seinen Händen trug.

In diesem Moment trat ein unerwarteter Verbündeter auf die Bühne. Ein Mitglied des Iga-Clans, ein talentierter Ninja namens Takeshi, kam aus dem Schatten. "Mein Kaiser, Ich habe die Dunkle Organisation aus nächster Nähe erlebt", erklärte er. "Sie bedrohen nicht nur den

Iga-Clan, sondern das gesamte Reich. Wir müssen sie stoppen." Takeshi hatte die Dunkle Organisation auf tragische Weise kennengelernt. Er war ein loyales Mitglied des Iga-Clans, der die Werte der Ehre und der Loyalität hochhielt. Als talentierter Ninja hatte er sich in den Dienst seines Clans gestellt, um seine Fähigkeiten zum Schutz des Reiches einzusetzen. Die ersten Anzeichen der Dunklen Organisation tauchten in seinem Leben auf, als der Iga-Clan begann, mysteriöse Angriffe und Sabotageakte zu erleiden. Diese Angriffe waren anders als alles, was Takeshi zuvor gesehen hatte. Die Angreifer operierten im Verborgenen und hinterließen keine Spuren. Es war, als ob sie aus den Schatten selbst heraus agierten. Die Dunklen Kämpfer waren Meister der Tarnung und der dunklen Künste. Sie entführten Mitglieder des Iga-Clans und pressten Informationen aus ihnen heraus, um ihre dunklen Pläne voranzutreiben. Takeshi hatte mehr als einmal miterlebt, wie Kameraden und Freunde verschwanden und nicht wiederkehrten. Doch das Schlimmste war, als Takeshi herausfand, dass die Dunkle Organisation nach einem uralten Artefakt suchte, das angeblich in den Besitz des Iga-Clans gelangt war. Dieses Artefakt sollte ihnen immense Macht verleihen und das Reich unterwerfen. Takeshi fühlte, dass er handeln musste, um dies zu verhindern. In einer wagemutigen Aktion drang Takeshi in das Hauptquartier der Dunklen Organisation ein, um mehr über ihre Pläne zu erfahren. Er sah, wie sie düstere Rituale durchführten und die Grenzen zwischen Leben und Tod zu verschwimmen schienen. Ihre Absichten waren finster und unbarmherzig. Doch Takeshi wurde entdeckt und gefangen genommen. Er wurde gefoltert und verhört, doch er weigerte sich, Informationen preiszugeben. Es war in dieser dunklen Zeit, dass er die brutale Natur der Schattenkrieger wirklich erlebte. Sie schreckten vor nichts zurück, um ihre Ziele zu erreichen, und sie glaubten an eine uralte Prophezeiung, die besagte, dass das Reich in Dunkelheit versinken würde. Es war nur ein glücklicher Zufall, dass Takeshi schließlich entkommen konnte. Er schwor, die Dunkle Organisation zu bekämpfen und das Artefakt zu schützen, bevor es in die Hände der Dunklen fiel.

Seitdem war Takeshi ein Einzelkämpfer, der im Verborgenen gegen die Dunkle Organisation agierte. Doch als er erfuhr, dass Aikiko die Schriftrolle gefunden hatte, erkannte er, dass sie eine Chance hatten, die Dunklen aufzuhalten. Er bot seine Unterstützung an, um ein «Bündnis der Notwendigkeit» zu schmieden und das Reich zu retten. Takeshis Erfahrungen hatten ihn gelehrt, dass die Dunkle Organisation eine wahre Bedrohung für das Reich war, und er war fest entschlossen, gegen sie anzutreten, koste es, was es wolle. Aikiko, die Takeshi bereits während ihrer Zeit im Iga-Clan kennengelernt hatte, wusste, dass er die Wahrheit sprach. Sie zögerte einen Moment und nickte schließlich zustimmend. Ein Bündnis mit einem Mitglied des feindlichen Clans war zwar ungewöhnlich, aber die Notwendigkeit war offensichtlich.

Hanzo und Kiyomi, beeindruckt von Takeshis Mut und Entschlossenheit, willigten schließlich ein, das Bündnis mit dem Kaiser einzugehen. Sie erkannten, dass die Dunkle Organisation eine Bedrohung für alle war, und dass ihre alten Konflikte in diesem Moment unwichtig wurden. Gemeinsam schmiedeten sie ein Bündnis der Notwendigkeit, um die aufkommende Gefahr abzuwenden. Aikiko, Takeshi, Hanzo, Kiyomi und der Kaiser würden sich nun gemeinsam den dunklen Schatten entgegenstellen, der über dem Reich lag. Die Kunoichi und der Ninja aus dem feindlichen Clan hatten widerwillig ein Bündnis geschlossen, aber sie wussten, dass dies der einzige Weg war, das Reich vor der drohenden Katastrophe zu retten. Die nächste Etappe ihrer gefährlichen Reise würde sie tief in die Geheimnisse der Dunklen Organisation führen, und sie würden alles aufs Spiel setzen, um das Reich zu verteidigen.

Aikiko und Takeshi brachen früh am Morgen auf, ihre Entschlossenheit war fest wie Stahl. Die Geschichte über das uralte Artefakt hatte sie begeistert, und sie wussten, dass es von unschätzbarem Wert war, nicht nur für ihre Mission, sondern auch für das Schicksal des Kaiserreichs. Der Weg führte sie tief in die dichten Wälder, wo die Legende besagte, dass dort das Amulett verborgen war. Die Wälder waren beinahe undurchdringlich und voller Gefahren, aber Aikiko und Takeshi waren entschlossen, jede Prüfung zu bestehen. Sie folgten einer alten Karte, die ihnen von einem alten Mönch des Kaisers übergeben worden war und die den Weg zu dem verborgenen Schatz zeigen sollte. Als sie tiefer in den Wald vordrangen, hörten sie das Rascheln der Blätter und das Zwitschern der Vögel. Doch sie spürten auch so etwas wie Gefahr, als ob der Wald selbst ihre Anwesenheit bemerkte und prüfte, ob sie würdig waren, sein Geheimnis zu enthüllen. Schließlich erreichten sie eine Lichtung, in deren Mitte ein uralter Baum stand. Dieser Baum, so besagte die Legende, war der Hüter des Artefakts. Aikiko und Takeshi knieten nieder und sprachen leise Gebete, um die Gunst des Baumes zu erlangen. Plötzlich begann der Boden zu beben, und der Baum öffnete sich, um einen verborgenen Eingang preiszugeben. Aikiko und Takeshi wagten sich in die dunkle Höhle, die vor ihnen lag. In den Tiefen der Höhle erstrahlte ein sanftes, magisches Licht, das von einer alten Truhe reflektiert wurde und auch Aikikos Anhänger fing an zu leuchten.

Die Truhe war mit komplexen Symbolen verziert und von einem unsichtbaren

Schutzzauber umgeben. Aikiko, die von Asano in den Geheimnissen der Magie unterwiesen worden war, erkannte die Zeichen und entschlüsselte den Zauber. Ihr fiel auf, dass die Öffnung eine seltsam geformte Einbuchtung hatte, die ihrem Anhänger ähnlich war. Sie nahm ihn vom Hals und legte ihn in die leuchtende Mulde des Deckels und drehte ihn, um die Truhe zu öffnen. Mit einem leisen Klicken öffnete sich die Truhe, und ein magisches Amulett kam zum Vorschein. Das Amulett strahlte in einem warmen, goldenen Licht, als Aikiko es behutsam aufhob. Aikiko nahm ihren Anhänger und das Amulett, schaute sich beides intensiv an und versuchte sie miteinander zu verbinden. Als dies geschah, leuchtete der Anhänger in roter, blauer und weisser Farbe auf und sie konnte die immense Macht spüren, die in diesem kleinen Schmuckstück verborgen war. Es war ein Artefakt von unglaublicher Bedeutung, und beide ahnten, dass es der Schlüssel zu vielen Rätseln und

Herausforderungen auf ihrer Reise sein würde. Mit dem Amulett sicher um ihren Hals machten sich Aikiko und Takeshi bereit, die nächsten Schritte auf ihrem Weg zu gehen und sich den Gefahren und Geheimnissen zu stellen, die vor ihnen lagen.

Das Erwachen der Kräfte

Während Aikiko und Takeshi sich gemeinsam auf den Weg machten, die Dunkle Organisation zu bekämpfen, um das Reich zu schützen, begann Aikiko, etwas Seltsames an sich zu bemerken. Es war, als ob ihre Verbindung zu dem Amulett stärker wurde, je näher sie den Schattenkriegern kamen. Eines Nachts, als sie ihr Lager am Rande eines dichten Waldes aufschlugen, spürte Aikiko eine ungewöhnliche Energie, die durch ihren Körper strömte. Der magische Anhänger um ihren Hals schien zu pulsieren, und ein seltsames Glühen umgab ihn. Takeshi, der das Glühen bemerkte, sagte: "Es ist, als ob der Anhänger irgendetwas spürt, als ob er auf etwas in der Nähe reagiert."

In dieser Nacht hatte Aikiko einen seltsamen Traum von einer alten Prophezeiung, die mit ihrer Herkunft und den Kräften des Anhängers in Verbindung stand. Sie sah sich selbst in einem uralten Tempel, umgeben von den Symbolen des Drachens, des Schwertes und der Schlange - den Symbolen auf dem Anhänger. In ihrem Traum hörte sie eine mysteriöse Stimme flüstern: »Du bist die Auserwählte, die die Dunkelheit besiegen wird.« Die Wände in diesem Tempel, die von Jahrhunderten des Verfalls gezeichnet waren, schienen sich zu bewegen. Die Luft war erfüllt von einem Hauch des Mystischen, und sie spürte eine tiefe Verbindung zu diesem Ort. Der Tempel war mit Symbolen und Zeichen verziert, die Aikiko noch nie zuvor gesehen hatte. Da war das Bild eines majestätischen Drachen, der sich über den Himmel erstreckte. Ein Schwert, das in einem Stein steckte und von einem strahlenden Licht umgeben war, und eine Schlange, die sich in endlosen Schleifen um das Schwert wand.

In der Mitte des Tempels sah sie sich selbst, gekleidet in ihrem Ninja-Gewand, und in ihrer Hand trug sie den magischen

Anhänger, den sie aus der Truhe hatte. Der Anhänger glühte in einem intensiven Rot und Blau, das die Dunkelheit des Tempels durchdrang. Und wieder diese Stimme, weise und uralt, flüsterte ihr Worte zu, die sich in ihr Herz brannten: »Du bist die Auserwählte, die die Dunkelheit besiegen wird. In deinen Händen liegt die Macht der Drachen, das Schwert des Schicksals und die Weisheit der Schlange. Deine Bestimmung ist es, das Reich vor dem Untergang zu bewahren.« Aikiko spürte, wie die Symbole auf dem Anhänger zu leuchten begannen, und sie fühlte, wie eine unvorstellbare Energie durch sie hindurchströmte. Sie konnte den Boden des Tempels erbeben spüren, als ob die Welt selbst auf ihre Berufung reagierte.

Doch bevor sie mehr erfahren konnte, erwachte Aikiko abrupt aus ihrem Traum, ihre Stirn war mit Schweiß benetzt. Die Worte der Prophezeiung hallten noch in ihrem Kopf wider, und sie ahnte, dass dies der Moment war, in dem sie sich aufmachte, ihre neu entdeckten Kräfte zu entfesseln und ihre Bestimmung zu erfüllen. Ihr Weg würde sie noch tiefer in die Geheimnisse der Dunklen Organisation und ihrer eigenen Herkunft führen, und sie war entschlossen, die Auserwählte zu werden, die das Reich vor der Dunkelheit retten würde.

Aikiko fühlte sich verändert. Sie spürte, dass sie über Fähigkeiten verfügte, die sie zuvor nie besessen hatte. Ihre Sinne waren geschärft, und sie konnte die Energien um sich herum fühlen. Als sie ihre Hand ausstreckte, spürte sie, wie die Erde und die Pflanzen auf ihre Berührungen reagierten. Takeshi beobachtete erstaunt, wie Aikiko ihre neuen Fähigkeiten erprobte. Sie konnte Gegenstände mit ihrem Geist bewegen und Elemente manipulieren. Es war, als ob die Prophezeiung in Erfüllung ging und sie die Kräfte des Anhängers entfaltete.

Während sie gemeinsam gegen die Dunkle Organisation vorgingen, vertiefte sich ihre Beziehung. Takeshi war beeindruckt von Aikikos Mut und Entschlossenheit und verspürte eine starke Verbindung zu ihr. Sie teilten nicht nur das Ziel, das Reich zu retten, sondern auch die Bürde ihrer unerwarteten Kräfte und der Geheimnisse ihrer Herkunft.

In den nächsten Tagen trainierten sie gemeinsam, damit Aikiko ihre neu entdeckten Fähigkeiten zu beherrschen lernte. Takeshi, der selbst ein erfahrener Ninja war, lehrte sie die Kontrolle über ihre Kräfte und half ihr, ihre Fähigkeiten weiterzuentwickeln. Tag für Tag verbrachten sie Stunden damit, an ihren Fähigkeiten zu arbeiten. Am Anfang war es nicht leicht für Aikiko, ihre neu entdeckten Fähigkeiten zu kontrollieren. Ihre Kräfte schienen manchmal außer Kontrolle zu geraten, und sie spürte, wie die Energie in ihr brodelte. Aber Takeshi war geduldig und einfühlsam und half ihr, die Kunst der Selbstkontrolle zu erlernen. Sie übten das Schleichen und das Tarnen, das Werfen von Wurfsternen und Messern und den Umgang mit verschiedenen Ninja-Werkzeugen. Aikiko entwickelte eine beeindruckende Geschicklichkeit und Präzision, die Takeshi mit Stolz erfüllte. Während ihrer Trainingseinheiten entwickelte sich auch ihre Beziehung weiter. Sie vertrauten einander, teilten Geheimnisse und Träume. Aikiko fühlte sich endlich zu Hause, und Takeshi hatte das Gefühl, einen würdigen Schüler gefunden zu haben.

Doch die Dunkle Bedrohung ruhte nicht. Sie hatten Spione ausgesandt, um Aikiko und Takeshi zu beobachten und Informationen über ihre Pläne zu sammeln. Als sie erkannten, dass Aikiko und Takeshi mächtiger wurden, schickten sie Kämpfer aus, um sie aufzuhalten. Eines Nachts, als Aikiko und Takeshi im Wald trainierten, wurden sie plötzlich von einer Gruppe finster gekleideter Kämpfer angegriffen. Diese Kämpfer waren geschickt und tödlich, aber Aikiko und Takeshi kämpften Seite an Seite. Die Dunkelheit des Waldes wurde von den Klingen der Waffen und den blauen Blitzen, die von Aikikos Kräften ausgingen, durchbrochen. Es war ein harter Kampf, aber Aikiko und Takeshi kämpften mit Entschlossenheit und Mut.

Schließlich gelang es ihnen, die Angreifer zurückzudrängen und sie in die Flucht zu schlagen. Doch sie wussten, dass dies nur der Anfang war, dass die Dunkle Bedrohung weiterhin nach ihnen suchte und alles tun würde, um sie aufzuhalten. Aikiko und Takeshi kehrten zu ihrem Training zurück, noch entschlossener, sich auf die bevorstehenden Herausforderungen vorzubereiten. Sie wussten, dass sie ihre Fähigkeiten weiterentwickeln und sich auf die Konfrontation mit der Dunklen Bedrohung vorbereiten mussten, die das Schicksal des Kaiserreichs bedrohte.

Aikiko und Takeshi, vereint durch ihr Bündnis und ihre neu entdeckten Kräfte, waren bereit, sich jedem Hindernis zu stellen, um das Reich zu schützen. Während sie tiefer in das Herz der Dunklen Organisation vordrangen, wussten sie, dass ihre Kräfte und ihre Entschlossenheit auf die ultimative Probe gestellt werden würden. Die Prophezeiung sprach von Aikiko als der "Auserwählten", und sie waren fest entschlossen, herauszufinden, welche Rolle sie im Kampf gegen die Dunkelheit spielen würde.

Der Pfad der Prüfungen.

Aikiko war entschlossen, ihre neu entdeckten Kräfte zu beherrschen und sich auf die endgültige Konfrontation mit der Dunklen Organisation vorzubereiten. Doch um dies zu erreichen, musste sie sich auf einen gefährlichen und anspruchsvollen Pfad begeben, den die alten Aufzeichnungen nur als "Der Pfad der Prüfungen" bezeichneten. Ihr erster Halt war ein entlegener Berg, der von einer Aura des Mysteriösen umgeben war. Dort, in einem verborgenen Tempel, sollten sie und Takeshi die ersten Prüfungen ablegen. Der Weg zum Tempel führte sie durch gefährliche Schluchten, und sie mussten gegen wilde Tiere und unberechenbares Wetter kämpfen. Doch sie wussten, dass dies erst der Anfang war. Der Weg war beschwerlich. Aikiko und Takeshi durchquerten dichte Wälder, überwanden steile Felsvorsprünge und kämpften sich durch reißende Flüsse. Als sie schließlich den Tempel erreichten, waren sie von der Strapaze erschöpft, aber entschlossen, die ersten Prüfungen zu begehen. Der Tempel, von Efeu und Moos überwachsen, strahlte ebenfalls eine geheimnisvolle Aura aus. Ein alter Mönch, der den Tempel bewohnte, empfing sie mit einem freundlichen Lächeln. »Ihr seid gekommen, um eure Kräfte zu messen«, sagte er, seine Augen glänzten von Weisheit. »Doch der Weg wird nicht leicht sein. Die Prüfungen werden euren Geist, euren Körper und euer Herz herausfordern. Nicht viele haben diesen Pfad überlebt oder sind schon kurz nach Beginn gescheitert, weil sie nicht reif genug waren für die Prüfungen.«

Die Prüfung des Geistes

Im Inneren des Tempels führte der Mönch Aikiko und Takeshi in einen Raum, dessen Wände mit alten Schriftzeichen und Symbolen geschmückt waren. Der Raum war von einer besonderen Atmosphäre erfüllt, die die Welt der materiellen Dinge zu transzendieren schien. Der Mönch, mit seinem langen, weißen Bart und den leuchtenden Augen, strahlte Weisheit aus, die Aikiko und Takeshi beruhigte und ermutigte.

Die Prüfung des Geistes begann, als der Mönch sie in die Kunst der Meditation einführte. Sie wurden gebeten, sich in einer bequemen Position niederzulassen und ihre Augen zu schließen. Die Stille des Raumes umgab sie, und der Duft von Räucherstäbchen hing in der Luft. Er bat sie, sich in einem tiefen Trancezustand zu versenken. Die Prüfung des Geistes begann. Aikiko und Takeshi schlossen ihre Augen und versuchten, ihre

Gedanken zu beruhigen. Doch rasch wurden sie von inneren Konflikten und Zweifeln heimgesucht. Ängste und Unsicherheiten krochen in ihre Gedanken. Der Mönch forderte sie auf, diese inneren Dämonen zu überwinden und ihre Konzentration zu bewahren. Stunden vergingen wie Minuten, während sie in eine Welt eintauchten, die jenseits der materiellen Existenz lag. Es war eine Prüfung, die Geduld und Entschlossenheit erforderte. Ihre Atmung wurde langsamer und tiefer, und nach und nach wurden sie von äußeren Ablenkungen abgeschirmt.

Doch schon bald begannen die ersten Herausforderungen. Ihre inneren Konflikte und Zweifel begannen erneut an die Oberfläche zu steigen. Aikiko sah sich mit der Angst konfrontiert, dass sie nicht stark genug sein könnte, um das Reich zu retten. Takeshi konfrontierte seine Schuldgefühle für vergangene Fehler und die Verantwortung, die auf seinen Schultern lastete. Der Mönch ermutigte sie weiter, sich diesen inneren Dämonen zu stellen und zu akzeptieren, aber nicht von ihnen überwältigt zu werden. Sie sollten ihre Gedanken wie Wolken am Himmel betrachten, die vorbeiziehen, ohne sich an ihnen festzuklammern. Der Raum schien sich aufzulösen, und sie spürten, wie ihre Gedanken sich klärten. Es war eine Prüfung des Geistes, die Geduld, Selbstbeherrschung und Entschlossenheit erforderte. Als sie schließlich aus ihrer Meditation erwachten, fühlten sie sich innerlich gestärkt und klarer in ihrem Denken. Die Prüfung des Geistes hatte sie auf die nächsten Etappen des Pfads der Prüfungen vorbereitet, und sie waren bereit, ihre neu entdeckten Fähigkeiten und ihre gestärkte geistige Verbindung einzusetzen.

Die Prüfung des Körpers

Nachdem Aikiko und Takeshi die Prüfung des Geistes erfolgreich bestanden hatten, führte der Mönch sie zu einem weitläufigen Gelände, das sich vom Tempel aus in die Ferne erstreckte. Hier wartete die zweite Prüfung auf sie, eine physische Herausforderung, die ihre Fähigkeiten erneut bis an ihre Grenzen bringen würde. Das Areal war von einer atemberaubenden natürlichen Schönheit umgeben. Hohe Felsen ragten empor, und ein glasklarer Fluss schlängelte sich durch die Landschaft. Doch sie hatten keine Zeit, die Aussicht zu genießen, denn der Mönch erklärte, dass sie den Hindernisparcours absolvieren müssten, um die Prüfung des Körpers zu bestehen. Der Parcours erstreckte sich über das gesamte Gelände und war mit vielfältigen Herausforderungen gespickt. Es gab enge Gänge, die durchquert, hohe Mauern, die erklommen, tiefe Gräben, die überwunden und sogar gefährliche Fallen, die vermieden werden mussten.

Aikiko setzte ihre neu entdeckten Fähigkeiten ein, um sich den Hindernissen entgegenzustellen. Sie nutzte ihre Geschmeidigkeit und Schnelligkeit, um sich durch die engen Passagen zu zwängen, während Takeshi mit seiner beeindruckenden Geschicklichkeit die hohen Mauern überwinden konnte. Es war ein anspruchsvoller Parcours, der ihre körperliche Stärke, Ausdauer, jede Faser ihrer Muskeln und Geschicklichkeit auf die Probe stellte. Er erstreckte sich über das weitläufige Gelände vor dem Tempel und umfasste eine Vielzahl von Hindernissen. Der Parcours begann mit engen Gängen und niedrigen Tunneln. Aikiko und Takeshi mussten sich durch diese engen Passagen zwängen, wobei sie ihre Beweglichkeit und Flexibilität einsetzten. Die Dunkelheit in den Tunneln erschwerte die Navigation, und sie mussten auf ihre anderen Sinne vertrauen. Nachdem sie die engen Gänge überwunden hatten, stießen sie auf hohe Mauern, die überwunden werden mussten. Diese Mauern erforderten nicht nur Kraft, sondern auch Geschicklichkeit und Kletterfähigkeiten. Takeshi, mit seiner beeindruckenden Akrobatik, konnte sie oft als erster überwinden und Aikiko halfen ihre neu entdeckten Kräfte, die sie immer geschickter einsetzte, um den Parcours zu bewältigen. Als nächstes kamen tiefe Gräben, die überwunden werden mussten. Diese Gräben forderten nicht nur körperliche Stärke, sondern auch Mut. Aikiko und Takeshi hatten keine Angst davor, sich in die Tiefe zu stürzen, sie sprangen synchron und landeten sicher auf der anderen Seite. Der Parcours enthielt auch gefährliche Fallen, die vermieden werden mussten. Diese Fallen erforderten schnelle Reflexe und präzise Bewegungen. Aikiko und Takeshi mussten wachsam sein, um nicht in die Fallgruben zu geraten. Ein besonders kniffliges Hindernis bestand darin, auf schmalen Balken über einen reißenden Fluss zu balancieren. Dies erforderte ein hohes Maß an Geschicklichkeit und Gleichgewichtssinn. Ein falscher Schritt hätte in die reißenden Fluten geführt.

Der Parcours schien endlos, und es gab Momente der Erschöpfung und Frustration. Aber Aikiko und Takeshi halfen sich gegenseitig und ermutigten sich, weiterzumachen. Ihre körperliche Stärke und Ausdauer wurden auf die Probe gestellt, während sie Hindernisse überwanden, die für gewöhnliche Menschen unüberwindlich gewesen wären. Schließlich, nach vielen Stunden harter Arbeit und Entbehrung, erreichten sie das Ende des Parcours. Sie waren erschöpft, aber triumphierend. Die Prüfung des Körpers hatte sie bis an ihre physischen Grenzen gebracht, aber sie hatten sie erfolgreich bestanden. Sie fühlten sich gestärkt und bereit für die nächsten Herausforderungen auf ihrem

Weg, die auf dem Pfad der Prüfungen auf sie warteten.

Die Prüfung des Herzens

Nach dem anstrengenden Parcours kehrten Aikiko und Takeshi in den Tempel zurück. Der Mönch erklärte, dass als nächstes die Prüfung des Herzens an der Reihe sei, eine Prüfung, die ihre innersten Ängste, Zweifel und Konflikte ans Licht bringen würde.

Der Mönch führte Aikiko und Takeshi zu einem abgelegenen Tempel, der hoch oben in den Bergen verborgen war. Dieser Tempel, bekannt als der "Tempel der Erleuchtung", war ein heiliger Ort, der für spirituelle Prüfungen und Selbstfindung genutzt wurde. Der Weg zum Tempel war beschwerlich und führte durch dichte Wälder, steile Pfade und an gefährlichen Felsvorsprüngen vorbei. Es war eine Reise, die nicht nur den Körper, sondern auch den Geist herausforderte. Der Mönch erklärte, dass dies der erste Teil der Prüfung des Herzens war — die Überwindung der äußeren Hindernisse. Am Tempel angekommen, betraten Aikiko und Takeshi den Innenhof des Tempels, der von blühenden Kirschbäumen und duftenden Blumen umgeben war. Der Mönch führte sie ins Innere Heiligtum des Tempels, ein Raum mit einem riesigen runden Fenster, das den Blick auf die majestätischen Berge freigab.

Hier begann die eigentliche Prüfung des Herzens. Der Mönch erklärte, dass sie ihre innersten Ängste, Zweifel und Konflikte konfrontieren und überwinden müssten, um wahre Erleuchtung zu erlangen. Aikiko und Takeshi wurden in Meditation versetzt und durchliefen eine spirituelle Reise, in der sie sich ihren tiefsten Emotionen stellten. Die Prüfung des Herzens im Tempel der Erleuchtung war keine physische Herausforderung, sondern eine spirituelle und emotionale Reise, bei der Aikiko und Takeshi ihre innersten Gefühle und Gedanken erforschten. Es war eine Erfahrung, die ihre Bindung vertiefte und ihre inneren Kräfte stärkte. Er forderte sie auf, in sich selbst zu schauen und über ihre tiefsten Emotionen nachzudenken. Aikiko und Takeshi schlossen ihre Augen und begannen, ihre Gedanken zu sammeln. Sie dachten an die Herausforderungen, die vor ihnen lagen, und auch an ihre persönlichen Ängste und Unsicherheiten. Aikiko dachte an ihre mysteriöse Herkunft und die Verantwortung, die auf ihren Schultern lastete. Takeshi kämpfte mit den Schatten seiner Vergangenheit und den Fehlern, die er gemacht hatte und die ihn bis in die Gegenwart verfolgten. Einer dieser Fehler war seine Beteiligung an einer gefährlichen Mission, die letztendlich in einem Desaster endete. In seiner ungestümen Jugend hatte er die Konsequenzen seiner Entscheidungen nicht vollständig bedacht und dadurch einen tragischen Verlust verursacht. Während dieser Mission hatte er auch eine schwerwiegende Vertrauensverletzung begangen, indem er wichtige Informationen vor seinen

Verbündeten verbarg, was dazu führte, dass die Operation scheiterte und Leben gefährdet wurden. Dieser Verrat belastete sein Gewissen und führte zu einem tiefen Schuldgefühl.

Diese Fehler aus seiner Vergangenheit hatten nicht nur sein eigenes Leben geprägt, sondern auch das Leben anderer Menschen beeinflusst. Er trug die Last dieser Fehler mit sich herum und versuchte, sie auf seine eigene Weise zu verarbeiten. Diese Schuld trieb ihn dazu, sich im Dienst des Kaisers und für das Wohl des Reiches zu engagieren, um seine Sünden durch gute Taten wiedergutzumachen. Während Aikiko und Takeshi in der Stille saßen, begannen ihre inneren Ängste und Unsicherheiten an die Oberfläche zu steigen. Aikiko konnte die Angst spüren, dass sie nicht stark genug sei, um das Reich zu retten, oder die Unsicherheit darüber, wer sie wirklich war. Der Mönch lehrte sie, diese Ängste zu akzeptieren, aber nicht von ihnen überwältigt zu werden. Sie sollten sich auf ihre Atmung konzentrieren und versuchen, ihre Gedanken zu beruhigen. Doch dies war keine einfache Aufgabe, denn die Ängste waren hartnäckig und kamen immer wieder.

Die Prüfung des Herzens erforderte, dass sie ihre inneren Dämonen besiegen und innere Ruhe finden. Sie vertieften ihre Meditation und versuchten, die Gedanken zu klären. Es war ein intensiver Prozess, bei dem sie sich auf das Hier und Jetzt konzentrierten und versuchten, die Dunkelheit in ihren Herzen zu vertreiben. Während dieser Meditation konnten sie möglicherweise Einsichten über sich selbst und ihre Ängste gewinnen. Aikiko erkannte, dass sie ihre Herkunft nicht ändern konnte, aber sie konnte entscheiden, wer sie sein wollte. Takeshi verstand, dass die Vergangenheit nicht geändert werden konnte, aber er konnte Vergebung und Versöhnung finden. Als die Meditation schließlich endete, öffneten sie ihre Augen und blickten sich an. Der Mönch lächelte sanft, denn sie hatten die Prüfung des Herzens erfolgreich gemeistert. Obwohl es eine emotionale Herausforderung gewesen war, hatten sie ihre inneren Konflikte erkannt und akzeptiert. Sie fühlten sich gestärkt und bereit, ihre neu entdeckten Kräfte im Dienst des Reiches einzusetzen und die kommenden Herausforderungen mit einem klareren Geist und einem geöffneten Herzen anzugehen.

Zum Schluss enthielt die Prüfung noch eine Aufgabe: Diese begann in einem abgelegenen Dorf, das von einer Bedrohung heimgesucht wurde. Eine Bande von Räubern hatte das Dorf in Angst und Schrecken versetzt und die Bewohner lebten in ständiger Furcht. Aikiko und Takeshi erhielten den Auftrag, den Räubern Einhalt zu gebieten und das Dorf zu beschützen. Während ihrer Mission musste Aikiko mehrere moralische Entscheidungen treffen. Einmal stieß sie auf einen verzweifelten Räuber, der ihr sein Leben anbot, wenn sie ihn verschone. Aikiko stand vor einer schweren Entscheidung. Ihr Herz sagte ihr, dass sie ihm eine zweite Chance geben sollte, aber ihre Aufgabe und die Sicherheit des Dorfes standen auf dem Spiel. Nach einem inneren Konflikt entschied sie sich schließlich dafür, den Räuber gefangen zu nehmen, in der Hoffnung, dass er sich ändern könnte.

Nach Wochen der Prüfungen erklärte der Mönch, dass sie den Pfad der Prüfungen erfolgreich abgeschlossen hatten. Sie waren physisch und emotional gestärkt, bereit, sich jedem Hindernis zu stellen, das auf ihrem Weg lag. Die nächsten Etappen ihrer gefährlichen Reise würden noch größere Herausforderungen mit sich bringen, doch sie waren entschlossen, ihre neu entdeckten Kräfte im Dienste des Reiches einzusetzen.

Intrigen am Kaiserhof

Während Aikiko und Takeshi sich auf ihrer gefährlichen Mission befanden, hatte sich der Kaiserhof zu einem Schmelztiegel von Intrigen und Machtspielen entwickelt. Die Abwesenheit des Kaisers, der persönlich Aikiko mit der Suche nach dem Artefakt beauftragt hatte und sich selbst mit ein paar engsten Vertrauten in Sicherheit brachte, hinterließ ein Machtvakuum, das von ehrgeizigen Adligen und Hofbeamten ausgenutzt wurde. Im Schatten des kaiserlichen Palastes und den Gärten wurden geheime Allianzen geschmiedet und Verrat gesponnen. Die Adligen rivalisierten um die Gunst des Kaisers und versuchten, ihre eigene Macht und ihren Einfluss zu erweitern.

General Kuroda, ein Mann von imposantem Äußeren und eisernem Willen, hatte seit Jahren ein unersättliches Verlangen nach Macht und Einfluss. Als hoch angesehener Militärstratege am kaiserlichen Hof, genoss er das Vertrauen des Kaisers und hatte Zugang zu den kaiserlichen Armeen. Doch für Kuroda war das nicht genug. Er träumte von einer Umgestaltung des Reiches, in der die militärische Macht eine zentrale Rolle spielte. Seine Vision war es, das Militär zur vorherrschenden Institution im Kaiserreich zu machen und die politische Elite am Hofe zu entmachten. In den dunklen Gassen von Kyoto führte General Kuroda geheime Treffen mit einflussreichen Kriegsherren und Provinzfürsten durch. Er bot ihnen Unterstützung und militärische Stärke im Austausch für ihre Loyalität an. Allianzen wurden geschmiedet, weit weg von den Augen des Kaisers und seiner Berater. Kuroda wusste, dass seine Ambitionen eine direkte Bedrohung für den Status quo am Hof darstellten. Er fühlte, dass die politische Elite, die den Kaiser beriet, die Kontrolle über das Reich in den Händen hielt und seine eigenen Ambitionen beschränkte. Durch die

Stärkung des Militärs und die Unterwanderung der politischen Führung hoffte er, das Gleichgewicht der Macht zu seinen Gunsten zu verschieben. Während General Kuroda seine Pläne heimlich schmiedete, wurde er sich bewusst, dass es Widerstand gegen seine Ambitionen gab. Einige der kaiserlichen Berater begannen, seine ungewöhnlichen Aktivitäten zu hinterfragen, und Gerüchte über seine Allianzen mit Kriegsherren begannen zu zirkulieren. Kuroda musste geschickt sein, um die Gerüchte zu zerstreuen und seine Pläne vorerst geheim zu halten. Er führte ein gefährliches Katz-und-Maus-Spiel am Hof, indem er Spuren verwischte und Verdächtigungen zerstreute. Gleichzeitig setzte er seine Allianzen mit den Kriegsherren fort und sicherte sich ihre Unterstützung. Sein Ziel, die Macht des Militärs im Reich zu stärken, war klar definiert, aber der Weg dorthin war gefährlich und voller Herausforderungen. General Kuroda war bereit, alles zu riskieren, um sein Ziel zu erreichen und das Kaiserreich nach seinen Vorstellungen zu formen.

Hofdame Miyuki war eine Frau von außerordentlicher Schönheit und List. Ihr Gesicht trug stets ein unschuldiges Lächeln, das ihre wahren Absichten verbarg. Hinter den prächtigen Seidenkleidern und den kunstvollen Haarfrisuren verbarg sich eine geschickte Manipulatorin, die auf Einfluss und Macht am kaiserlichen Hof aus war. Ihr erstes Ziel war es, die Rolle der Kaiserinmutter zu übernehmen, eine Position von unermesslicher Bedeutung und Einfluss. Dies wäre der Schlüssel, um die politische Elite am Hof zu beeinflussen und das Kaiserreich nach ihren Vorstellungen zu formen. Miyuki war geschickt darin, Beziehungen zu wichtigen Mitgliedern des Kaiserhofes zu pflegen. Sie schmeichelte den Beratern des Kaisers und gewann ihre Gunst, indem sie sich als hilfreiche Beraterin ausgab. Ihre Worte waren süß wie Honig, und sie verstand es, die Eitelkeit und Unsicherheiten ihrer Mitstreiter auszunutzen. Miyuki war eine Meisterin der Gerüchteküche. Sie schürte gezielt Gerüchte, um ihre Gegnerinnen zu diskreditieren. Ihr Netzwerk von Spionen und Informanten, welches sie geschickt aufgebaut hatte, versorgte sie mit Insiderinformationen über die Schwächen und Geheimnisse ihrer Rivalinnen. Sie verbreitete Gerüchte über vermeintliche Skandale, Verschwendung von Geldern und unangemessenes Verhalten. Diese Gerüchte brachten nicht nur ihre Rivalinnen in Misskredit, sondern sorgten auch dafür, dass die politische Elite am Hof in Unruhe geriet. Miyuki bewahrte stets ihr unschuldiges Lächeln, selbst wenn die Intrigen, die sie gesponnen hatte, im Hintergrund tobten. Sie war eine Meisterin darin und wusste, wie sie sich in der Gesellschaft am Hofe zu bewegen hatte. Ihr Ziel, die Rolle der Kaiserinmutter zu übernehmen, schien immer näher zu rücken, während sie die Machtspiele am Hofe geschickt manipulierte. Doch sie wusste, dass die kaiserliche Politik ein gefährliches Spiel war, und sie musste vorsichtig sein, dass ihre eigenen Intrigen nicht gegen sie selbst verwendet wurden.

Ein Spion, den sie nur als "Schatten" kannten, war eine düstere Gestalt, die wie ein Phantom durch die Korridore des kaiserlichen Palastes glitt. Seine Identität war ein streng gehütetes Geheimnis, und niemand wusste, für wen er wirklich arbeitete oder welche Agenda er verfolgte. Doch seine Fähigkeiten waren legendär, und sein Name erfüllte die Gemüter am Hofe mit Furcht und Ehrfurcht. Der Schatten konnte sich mühelos in die unterschiedlichsten Rollen versetzen. Mal war er ein unscheinbarer Diener, mal ein angesehener Berater des Kaisers. Sein Talent, Gesichter und Identitäten zu wechseln, war beispiellos, und niemand konnte sicher sein, ob der Mensch, den sie vor sich hatten, wirklich der war, der er zu sein schien. Der Schatten schien Zugang zu den bestgehüteten Geheimnissen des Kaisers zu haben. Er kannte die Pläne und Intrigen der Hofberater ebenso gut wie die Geheimnisse der Adligen. Diese Informationen setzte er geschickt ein, um Unruhe am Hofe zu stiften und seine eigenen Ziele voranzutreiben. Niemand wusste, was der Schatten wirklich beabsichtigte. Einige spekulierten, dass er im Auftrag eines rivalisierenden Kriegsherrn handelte, der das Reich schwächen und den Kaiser stürzen wollte. Andere glaubten, dass er seine eigenen Ambitionen hatte und den kaiserlichen Thron für sich selbst anstrebte. Der Schatten hinterließ eine Spur der Verwüstung, wo immer er auftauchte. Durch die geschickte Verbreitung von Gerüchten und das Schüren von Misstrauen schaffte er es, wichtige politische Allianzen zu zerstören und den Kaiserhof zu spalten. Seine Handlungen führten zu Unruhe und Unsicherheit am Hofe, und die kaiserliche Regierung geriet ins Wanken. Die Hofberater und Adligen am kaiserlichen Hof waren besessen von der Idee, den Schatten zu entlarven und seine dunklen Machenschaften zu stoppen. Doch der Spion blieb ihnen immer einen Schritt voraus, und seine Identität blieb ein Rätsel. Während Aikiko und Takeshi ihrer Mission nachgingen, schien die politische Landschaft am Kaiserhof immer undurchsichtiger zu werden. Die Ambitionen von General Kuroda, die Manipulationen von Hofdame Miyuki und die undurchsichtigen Machenschaften des Schattens drohten, das Gleichgewicht der Macht im Kaiserreich zu erschüttern. Und unbemerkt von ihnen allen, war der Kaiser selbst mit in diese Intrigen verstrickt.

In den Hallen des Kaiserpalastes verbreitete sich die Dunkelheit wie ein schattiger Nebel, der alles verschlang, was im Licht stand. Unbemerkt von den meisten, webten General Kuroda, Hofdame Miyuki und der Schatten ein Netz aus Intrigen und geheimen Allianzen, die das Reich in seinen Grundfesten erschüttern sollte.

General Kuroda, der einstige Held des Reiches, hatte sich in einen Meister der Täuschung verwandelt. Hinter den Kulissen schmiedete er Allianzen mit mächtigen Kriegsherren und Adligen, die von seiner militärischen Stärke angezogen wurden. Die Gerüchte über seine geheimen Pläne begannen zu zirkulieren, aber niemand konnte seine wahren Absichten ergründen. Er setzte sich in die Herzen derer, die nach Veränderung und Macht strebten, und seine Armee von loyalen Anhängern wuchs stetig.

Hofdame Miyuki, eine Meisterin der Manipulation, hatte den Kaiserhof fest im Griff. Mit ihren charmanten Worten und ihrem raffinierten Geschick spielte sie ein gefährliches Spiel der Intrigen. Sie schürte Misstrauen und Eifersucht unter den Hofdamen und Beratern des Kaisers und machte sich so Feinde und Verbündete gleichermaßen. Ihr Ziel, die Rolle der Kaiserinmutter zu übernehmen, trieb sie dazu, immer tiefer in die Dunkelheit einzutauchen.

Der Schatten, der gefürchtete Spion, operierte geschickt im Verborgenen. Seine Identität war ein gut gehütetes Geheimnis, und niemand wusste, wem er wirklich diente. Mit seinen verschlüsselten Nachrichten und seinen informativen Botschaften führte er diejenigen, die ihm folgten, in ein Netz aus Intrigen und Täuschungen. Selbst die Berater des Kaisers fürchteten sich vor seinen Enthüllungen und wurden zu seinen Marionetten.

Im Herzen des Kaiserpalastes saß der Kaiser auf seinem Thron, ein Meister der Täuschung und Intrige, der die Fäden im Hintergrund zog. Während die Welt draußen die Machenschaften von General Kuroda, Hofdame Miyuki und dem Schatten verfolgte, hatte der Kaiser seine eigenen geheimen Pläne, die er sorgfältig vor den Augen seiner Berater und des Volkes verbarg. Seine Absichten erstreckten sich weit über das hinaus, was die meisten ahnten. Der Kaiser hatte die Vision eines mächtigeren Reiches, das über die bisherigen Grenzen hinauswachsen würde. Seine Pläne umfassten die Eroberung benachbarter Länder und die Ausweitung der kaiserlichen Macht. Er war fest entschlossen, sein Reich in eine neue Ära zu führen, in der seine Dynastie unantastbar sein würde. Um seine Ambitionen zu verwirklichen, hatte der Kaiser heimlich mit einem eng vertrauten General Yuma zusammengearbeitet. Er sah in ihm ein williges Werkzeug, um seine dunklen Pläne voranzutreiben. General Yuma sollte die militärische Macht des Reiches stärken und die Eroberung der Nachbarländer vorantreiben. Der Kaiser hatte seine treuen Berater und das Volk in die Irre geführt, indem er sich als ahnungsloses Opfer der dunklen Mächte am Hof darstellte. In Wirklichkeit hatte er die Fäden gezogen und die Bühne für seine Ambitionen vorbereitet.

Die politische Landschaft am Kaiserhof wurde immer undurchsichtiger, und das Bündnis zwischen dem Kaiser und seinen offiziellen Verbündeten geriet ins Wanken. General Kuroda, die intrigante Hofdame Miyuki und der geheimnisvolle Spion, der als der Schatten bekannt war, hatten im Hintergrund ihre Fäden gesponnen und begannen, ihre Pläne in die Tat umzusetzen.

Die Veränderungen am Kaiserhof waren unübersehbar. Die politische Landschaft, die einst von Loyalität und

Zusammenarbeit geprägt war, verwandelte sich in ein Netz aus Intrigen, Misstrauen und Verrat. Das Bündnis zwischen dem Kaiser und seinen Verbündeten, das einst das Reich zusammengehalten hatte, zerrüttete. General Kuroda, einst als treuer und loyaler Berater des Kaisers bekannt, hegte insgeheim ehrgeizige Pläne, die er nun zu verwirklichen gedachte. Seine wahren Ambitionen waren tief in seinem Herzen verwurzelt und führten zu einer dramatischen Enthüllung.

Die dramatische Enthüllung von General Kurodas wahren Ambitionen fand in einem düsteren und geheimen Versteck statt, tief im Wald, fernab der Augen und Ohren des kaiserlichen Hofes. Der Schatten des Verbrechens und Verrats hing in der Luft, als Kuroda vor seinen engsten Vertrauten stand, um seine Pläne zu offenbaren. Die Kerzen flackerten und tauchten den Raum in ein gespenstisches Licht, als Kuroda mit ernster Miene begann zu sprechen.

"Meine Herren und Damen, es ist an der Zeit, dass wir aus dem Schatten treten und das Reich in eine neue Ära führen. Eine Ära der Stärke und Disziplin, in der das Militär die Kontrolle über das Schicksal des Kaiserreichs übernimmt."

Ein Raunen ging durch die Versammlung, als die Anwesenden die Worte des einst treuen Generals hörten. Einige starrten ihn mit Unglauben an, während andere seine Vision mit Aufregung begrüßten. Kuroda fuhr fort, seine Pläne zu erklären, wie er das Kaiserreich militarisierte und die politische Elite am Hofe entmachtete. Er sprach von einem kraftvollen Kaiserreich, das durch die eiserne Faust des Militärs geführt wurde und in dem die Armee die wahren Herrscher waren. Während er sprach, wurde die Spannung greifbar. Einige seiner Zuhörer begannen zu zweifeln und fragten sich, ob sie in diese gefährliche Verschwörung verwickelt werden wollten. Doch für andere war Kurodas Vision zu verlockend, um sie abzulehnen. Seine

Pläne sahen vor, dass er selbst zum Anführer dieser Bewegung würde, und er hatte bereits zahlreiche hohe Offiziere und Adlige rekrutiert, die bereit waren, ihm zu folgen. Sie träumten von einem starken Kaiserreich, das durch militärische Macht und Disziplin geführt wurde.

Hofdame Miyuki war eine wahre Meisterin der Manipulation, und sie setzte ihre dunklen Pläne rücksichtslos um. Ihr Ziel war es, die Rolle der Kaiserinmutter zu übernehmen und so die wahre Macht am Hofe zu ergreifen. Ihr Plan war perfide und ihre Methoden skrupellos. Miyuki begann damit, Gerüchte und Lügen zu verbreiten, die das Vertrauen des Kaisers in seine Berater und Hofdamen untergruben. Sie streute Zweifel über die Loyalität einiger Hofdamen und sorgte dafür, dass Misstrauen und Verrat die Norm wurden. Ihre raffinierten Intrigen zielten darauf ab, diejenigen, die ihr im Weg standen, in ein schlechtes Licht zu rücken. Selbst die engsten Vertrauten des Kaisers wurden Opfer ihrer Verleumdungen, und die politische Elite am Hofe wurde gespalten. Miyuki schien stets zur Stelle zu sein, wenn der Kaiser Rat suchte. Sie flüsterte ihm ins Ohr, beeinflusste seine Entscheidungen und schmeichelte ihm, um seine Gunst zu gewinnen. Ihr Ziel war es, seine Aufmerksamkeit auf sich zu lenken und ihn von anderen Hofdamen und Beratern zu isolieren. Ihre Schmeicheleien waren so geschickt und verführerisch, dass der Kaiser begann, ihr mehr und mehr zu vertrauen. Er sah in Miyuki eine vertrauenswürdige Beraterin und verlagerte seine Aufmerksamkeit von den anderen Hofdamen weg.

Die Hofdamen, die einst eng mit dem Kaiser verbunden waren, fanden sich nun im Abseits. Miyuki hatte es geschafft, ihre Rivalinnen in ein schlechtes Licht zu rücken und sie aus dem inneren Zirkel des Kaisers zu verdrängen. Einige der betroffenen

Hofdamen versuchten verzweifelt, Miyukis Manipulationen zu durchschauen, aber es schien, als ob sie in einem undurchdringlichen Netz aus Intrigen gefangen wären. Die politische Elite am Kaiserhof war in Aufruhr. Die gespaltene Hofdamenfraktion kämpfte um Einfluss und versuchte, die Gunst des Kaisers zurückzugewinnen. Die politische Stabilität des Reiches war bedroht, und die Dunkelheit der Intrigen und Machtspiele breitete sich aus wie eine dunkle Wolke.

Der Schatten, der geheimnisvolle Spion, bewegte sich wie ein Phantom im Verborgenen. Seine Identität blieb ein gut gehütetes Geheimnis, und seine Absichten waren undurchschaubar. Doch seine Aktionen hatten das Potenzial, das Reich ins Chaos zu stürzen. Der Schatten hatte Zugang zu den geheimsten Informationen am Kaiserhof. Er durchsuchte die Archive und beschaffte sich vertrauliche Dokumente, die er geschickt manipulierte. Falsche

Berichte und gefälschte Nachrichten begannen, die Runden zu machen, und die politische Elite wurde mit Desinformation überflutet.

Konflikte und Missverständnisse zwischen den Beratern des Kaisers wurden geschürt, und das Vertrauen unter ihnen erodierte. Selbst die loyalsten Berater begannen, an ihren Kollegen zu zweifeln, da sie fürchteten, dass sie von diesem gefährlichen Spion ausspioniert wurden. Der Schatten war ein Meister der Täuschung. Er verkleidete sich, um unbemerkt in den Palast einzudringen, und horchte Gespräche aus, die nie für fremde Ohren bestimmt waren. Seine Fähigkeiten als Spion waren unübertroffen, und niemand konnte ihm auf die Spur kommen. Seine gezielten Enthüllungen von vermeintlichen Geheimnissen sorgten für Aufsehen und Panik am Kaiserhof. Jeder schien ein Verdächtiger zu sein, und die Atmosphäre war von Misstrauen und Angst durchzogen.

Zudem hatte er ein weitreichendes Netzwerk von Informanten und Spionen, die ihm Informationen zuspielten. Er nutzte seine Kontakte in den entlegensten Ecken des Reiches, um sein Wissen zu erweitern und seine Ziele zu verfolgen.

Seine wahren Absichten blieben jedoch im Dunkeln. Einige glaubten, dass er im Auftrag einer fremden Macht handelte, die das Kaiserreich destabilisieren wollte, während andere vermuteten, dass er persönliche Rachepläne hatte. Die politische Instabilität, die der Schatten schuf, war wie ein Pulverfass, das jeden Moment explodieren konnte.

Die Machtverschiebung war unübersehbar. General Kuroda und seine Anhänger kontrollierten immer mehr Schlüsselpositionen in der Armee und der Regierung. Hofdame Miyuki hatte die Gunst des Kaisers errungen und beeinflusste seine Entscheidungen maßgeblich. Die politische Elite wurde von Furcht und Unsicherheit geplagt, da sie spürte, dass sich die Zeiten geändert hatten.

Inmitten dieses Chaos und dieser Unsicherheit befand sich Aikiko, die Kunoichi, die das Reich vor der aufkommenden Dunkelheit retten sollte. Ihre Entscheidungen würden das Schicksal des Reiches maßgeblich beeinflussen, und sie stand vor der Herausforderung, die politische Intrige zu überwinden, um ihre Mission zu erfüllen. Der Verrat entfaltete sich langsam, wie ein düsteres Schattenbild, das den Kaiserhof verschlang. Die Verbündeten des Kaisers wandten sich gegen ihn, und alte Freundschaften wurden zu Feindschaften. Die politische Elite zerfiel in rivalisierende Fraktionen, die um die Macht kämpften. Währenddessen führte Aikikos Reise sie tiefer in die Geheimnisse der Prophezeiung und der Dunkelheit, die das Reich bedrohte. Sie fühlte sich zerrissen zwischen ihrem Herzen und ihrem Auftrag. Ihr Herz sagte ihr, dass sie dem Kaiser treu bleiben sollte, dass sie ihm helfen sollte, das Reich zu schützen. Doch ihre Bestimmung, die in der Prophezeiung beschrieben war, forderte ihren Einsatz gegen die aufkommende Dunkelheit. Der Druck auf Aikiko wuchs mit jedem Tag. Sie sah, wie die politische Intrige am Hofe die Macht des Kaisers untergrub, und gleichzeitig spürte sie, wie die Dunkelheit näher rückte. Die Zeit schien gegen sie zu arbeiten, und sie musste eine schwierige Entscheidung treffen.

Die geheimnisvolle Organisation, die von General Kuroda, Hofdame Miyuki und dem Schatten unterstützt wurde, begann finsteren Pläne zu enthüllen. Dunkle Rituale und Magie wurden eingesetzt, um die Macht über das Reich zu ergreifen. Die Dunkelheit breitete sich aus wie eine unaufhaltsame Welle. Dabei erkannten die Drei jedoch nicht, dass der Kaiser sie nur benutzt hatte, um seine perfiden Pläne zu verwirklichen.

Der Schatten des Verrats

Während Aikiko und Takeshi sich auf gefährlichen Missionen im Dienst des Kaisers befanden, entfalteten sich am Kaiserhof finstere Pläne, die das gesamte Reich ins Wanken bringen sollten. Der Kaiser, ein Mann von rätselhafter Entschlossenheit und gewaltiger Macht, hatte dunkle Absichten, die er geschickt vor der Öffentlichkeit verbarg. Er war berüchtigt für seine strategische Klugheit und seinen scheinbar unerschütterlichen Mut. Doch unter der Fassade des mächtigen Herrschers verbarg sich eine gierige Sehnsucht nach noch mehr Macht und Kontrolle über das Reich. Die ersten Anzeichen seiner Intrigen manifestierten sich, als der Kaiser geheime Verhandlungen mit einer geheimnisvollen Organisation aufnahm, die nur als "Die Dunkle Bedrohung" bekannt war. Diese Organisation operierte im Schatten und verfolgte finstere Ziele, die im Widerspruch zu den Werten und Gesetzen des Reiches standen. Die Dunkle Bedrohung versprach dem Kaiser die uneingeschränkte Kontrolle über das Reich und die Auslöschung jeglicher Opposition. Im Gegenzug verpflichtete sich der Kaiser, seine Macht und Ressourcen für die Ziele der Organisation einzusetzen. Es war eine gefährliche Allianz, die das Schicksal des gesamten Reiches bedrohte.

Unter dem Deckmantel der Sicherheit und des Wohlstands für das Volk begann der Kaiser, rigorose Gesetze zu erlassen und seine politischen Gegner aus dem Weg zu räumen. Missliebige Adelige und Berater wurden ins Exil geschickt oder einfach zum Schweigen gebracht. Das Reich versank in einer Ära der Unterdrückung und des Misstrauens. Doch das war erst der Anfang seiner finsteren Pläne. Der Kaiser hatte Kenntnis von einer uralten Prophezeiung, die von einem Krieger des Lichts sprach, der das Reich vor der Dunkelheit retten würde. Diese

Prophezeiung beunruhigte ihn zutiefst, da sie eine Bedrohung für seine Pläne darstellte. In einem geheimen Raum im innersten Teil des Palastes begann der Kaiser, mit Hilfe der dunklen Organisation, eine Armee von dunklen Kreaturen zu erschaffen, die ihm treu ergeben waren. Diese Kreaturen sollten eingesetzt werden, um den prophezeiten Krieger des Lichts aufzuhalten und die Macht des Kaisers zu sichern. Währenddessen schmiedete er eine weitere gefährliche Allianz mit dem intriganten General Yuma, der große Ambitionen hatte und bereit war, den Kaiser zu unterstützen, solange er seinen eigenen Aufstieg zur Macht sicherstellen konnte. Die beiden Männer verbündeten sich, um die Kontrolle über das Militär und die politische Landschaft des Reiches zu festigen. Die Intrigen des Kaisers erstreckten sich über alle Ebenen der Gesellschaft, und seine Allianzen mit der Dunklen Bedrohung, General Yuma und den anderen finsteren Kräften verschärften die Spannungen im Reich.

Während Aikiko und Takeshi ihre gefährlichen Aufträge erfüllten und die Geheimnisse ihrer eigenen Herkunft enthüllten, ahnten sie nicht, dass die größte Bedrohung für das Reich direkt in den Mauern des Palastes selbst lauerte. Sie waren die letzten Hoffnungsträger in einem verzweifelten Kampf, der über das Schicksal des Reiches entscheiden sollte, und sie mussten ihre Fähigkeiten und ihr Wissen nutzen, um den finsteren Intrigen des Kaisers zu widerstehen.

Die Enthüllung der Prophezeiung

Aikiko hatte seit Beginn ihrer Reise Spuren und Hinweise auf eine mysteriöse Prophezeiung entdeckt, die mit ihrer eigenen Herkunft und den dunklen Mächten, die das Reich bedrohten, in Verbindung zu stehen schien. Während ihrer Suche nach der verschollenen Truhe waren diese Hinweise immer präsenter geworden. In einem abgelegenen Tempel stieß sie auf ein uraltes Buch, das die lang vergessene Prophezeiung enthielt. Es war das Buch, von dem der Mönch ihr erzählt hat. Die Seiten waren vergilbt, und die Schrift war in alten Zeichen verfasst, die sie nur mühsam entziffern konnte. Als sie die Worte las, wurde ihr klar, dass dies der Schlüssel zu allem war. Die Prophezeiung beschrieb eine uralte Legende über eine Kunoichi, die von fernen Ahnen abstammte und dazu bestimmt war, das Reich vor einer aufkommenden Dunkelheit zu retten. Diese Dunkelheit wurde von einer geheimen Organisation geschürt, die nach Macht und Kontrolle strebte. Die Prophezeiung besagte, dass diese Kunoichi, die eine einzigartige Verbindung zu den Kräften der Natur und des Geistes hatte, aufstehen und das Reich vor der Dunkelheit bewahren würde. Ihre Mission war es, eine verschollene Truhe zu finden, die die Macht besaß, die Dunkelheit zu bezwingen.

Aikiko erkannte, dass sie wohlmöglich doch diese Kunoichi aus der Prophezeiung war, was sie lange nicht wahrhaben wollte und der Kaiser Recht hatte. Aber wenn dem so sei, könnte sie wirklich die Herrscherin des Reiches sein? Was geschieht mit dem Kaiser, dem sie mit ihrem Leben beschützen soll? Und wer ist dieser «Krieger des Lichts» von dem in dem Buch geschrieben steht? Ihr Herz war erfüllt von einem Gefühl der Bestimmung und Verantwortung. Die Aufgabe, das Reich und den Kaiser zu retten, schien überwältigend, aber sie wusste, dass sie nicht allein war. Ihre neu entdeckten Kräfte und Takeshi würden ihr beistehen. Während Aikiko die Prophezeiung las, spürte sie, dass die Dunkelheit näher rückte. Die geheimnisvolle Organisation, die das Reich bedrohte, wurde immer mächtiger, und ihre finsteren Pläne setzten sich in Bewegung. Die Kunoichi war sich bewusst, dass sie nicht mehr viel Zeit hatten. Ihre Reise war erst der Anfang, und die Prophezeiung war der Leitfaden für ihre Mission. Sie würden sich den Herausforderungen und den dunklen Mächten stellen, um den Kaiser, das Reich und seine Menschen zu schützen. Mit der Prophezeiung im Herzen und dem festen Entschluss ihr Bestes zu geben, setzten Aikiko und Takeshi ihre Reise fort, bereit, ihr Schicksal anzunehmen und die Dunkelheit zu bekämpfen, die das Kaiserreich bedrohte.

Während Aikiko und Takeshi auf ihrer gefährlichen Mission waren, konnten sie nicht ahnen, welchen Einfluss der geheimnisvolle Spion mittlerweile am Kaiserhof hatte. Doch sie sollten bald erfahren, dass ihre eigenen Geheimnisse noch nicht aufgedeckt waren, und der Schatten eine wichtige Rolle in ihrem Abenteuer spielen würde. Aikiko und ihr Verbündeter Takeshi, die weiter auf ihrer gefährlichen Mission waren, ahnten nicht, wie sehr der Kaiserhof im Chaos versank.

Mittlerweile haben sich Asano und seine Ninjas auf den Weg gemacht, um Aikiko und Takeshi entgegenzulaufen und sie über die Zustände am Kaiserhof zu unterrichten. An einem geheimen Ort, den Asano mit Aikiko und Takeshi gemeinsam aussuchten, schlugen sie das Lager auf und warteten auf die Beiden.

Im Auge des Sturms

Die Enthüllung der Prophezeiung hatte Aikiko und Takeshi ins Staunen versetzt. Sie hatten nun die Gewissheit, dass ihre Mission nicht nur die Erfüllung geheimer Aufträge des Kaisers beinhaltete, sondern auch das Schicksal des gesamten Reiches und das Geheimnis über Aikikos wahrer Herkunft. Nachdem sie den Tempel der Erleuchtung verlassen hatten, kehrten sie zum Hauptquartier der Ninjas zurück, um sich auf die bevorstehende Schlacht vorzubereiten. Doch die Prophezeiung ließ ihnen keine Ruhe. Die Worte in der Prophezeiung hallten in ihren Köpfen wider, und sie sehnten sich nach Antworten. Asano, Aikiko, Takeshi und der Mönch versammelten sich in einem abgelegenen Raum des Hauptquartiers, um über die Prophezeiung zu sprechen. Kerzen flackerten im gedämpften Licht, und der Raum war erfüllt von einer unheimlichen Atmosphäre.

"Sensei, was können sie uns über die Prophezeiung sagen? Was bedeutet sie wirklich?" fragte Aikiko mit einem gefährlichen Glanz in ihren Augen. Der Mönch sah sie ernst an und begann, die Geheimnisse der Prophezeiung zu enthüllen. "Die Prophezeiung, die euch betrifft, ist alt und mysteriös. Sie spricht von einem Krieger des Lichts, der im Zeichen der Dunkelheit hervortreten wird, um das Reich zu retten. Dieser Krieger wird von einer starken Verbindung zur Vergangenheit und einer geheimnisvollen Herkunft geprägt sein."

Takeshi, der neben Aikiko saß, runzelte die Stirn. "Aber wie sollen wir wissen, wer dieser prophezeite Krieger ist? Und was hat Aikikos Rolle in dieser Prophezeiung zu bedeuten?" Der Mönch hob die Hand und fuhr fort. "Die Prophezeiung ist nicht klar, aber sie besagt, dass der Krieger des Lichts und die Kunoichi der Schlüssel zur Rettung des Reiches sind. Ihre Kräfte und Fähigkeiten werden benötigt, um die

Dunkelheit zu besiegen. Aber sie birgt auch ein großes Geheimnis, das enthüllt werden muss." Aikiko fühlte eine Mischung aus Verwirrung und Entschlossenheit. "Wir müssen mehr über unsere Herkunft und die Bedeutung unserer Kräfte erfahren. Wenn wir die Dunkelheit besiegen sollen, müssen wir die Wahrheit herausfinden." Doch die Zeit reichte nicht mehr, denn die Dunkle Organisation war auf dem Vormarsch, um sich mit dem Kaiser zu verbünden. Aikiko, Takeshi und Asano warteten noch auf die treuen Krieger des Iga-Clans, die sich ihnen anschlossen.

Die Schlacht des Schicksals

Aikiko, Takeshi und Asano mit seinen Truppen trafen auf die Dunkle Organisation und den Kaiser an einem Ort von großer symbolischer Bedeutung im Reich: dem Schrein des Drachentors. Dieser Schrein war ein heiliger Ort, der als Symbol der Einheit und des Friedens im Reich galt. Die Dunkle Organisation hatte sich entschlossen, diesen Ort zu entweihen und für ihre finsteren Zwecke zu nutzen. Sie hatten sich dort versammelt, um eine dunkle Zeremonie durchzuführen, die die Macht der Dunkelheit verstärken sollte.

Als Aikiko, Takeshi und Asano mit ihren Truppen am Schrein des Drachentors ankamen, erkannten sie sofort die Ernsthaftigkeit der Situation. Die Dunkle Organisation hatte bereits begonnen, ihre finsteren Rituale durchzuführen, und dunkle Energien umhüllten den Ort. Der Kaiser stand in der Mitte der Zeremonie und schien von den dunklen Kräften kontrolliert zu werden. Sein Blick war leer und ausdruckslos, und er hatte seine einstige Würde und Macht verloren. Die entscheidende Schlacht brach aus wie ein gewaltiger Sturm, der das Kaiserreich erschütterte. Die Dunkelheit hatte ihren Höhepunkt erreicht und versuchte, die Welt zu überwältigen. Doch Aikiko, die Kunoichi, und ihr unerwarteter Verbündeter, Takeshi, waren bereit, sich der

Bedrohung entgegenzustellen. Die Schlacht fand an einem düsteren und mystischen Ort statt, tief in den Bergen, wo die Grenze zwischen der Welt der Menschen und der Welt der Dunkelheit verschwamm. Ein verzauberter Wald, von uralten Bäumen und geheimnisvollen Nebelschwaden umgeben, war der Schauplatz des Aufeinandertreffens. Inmitten des Waldes befand sich ein heiliger Schrein, der das Ziel der Mission darstellte. Hier sollte die Dunkelheit an ihre volle Stärke gelangen und das Kaiserreich für immer in Finsternis hüllen.

Die Dunkelheit manifestierte sich in einer Armee von schattenhaften Kreaturen, die aus den Albträumen selbst zu erwachsen schienen. Dämonische Wesen mit glühenden Augen und schrecklichen Kräften marschierten auf den Schrein zu. Die Dunkelheit hatte die uralten Rituale vollzogen und ihre Schergen auf das Kaiserreich losgelassen. Aikiko und Takeshi, die gemeinsam mit einem Bündnis aus treuen Kämpfern und Mitgliedern des Iga-Clans gekommen waren, standen bereit, sich der Dunkelheit entgegenzustellen. Die Schlacht begann in einem gewaltigen Aufeinandertreffen der Mächte. Pfeile flogen durch die Luft, Schwertklingen trafen auf dämonische Klauen, und die Luft war erfüllt von den Klängen des Kampfes.

Aikiko und Takeshi kämpften Seite an Seite, ihre Fähigkeiten verschmolzen zu einer mächtigen Kraft. Aikikos Geschicklichkeit und Schnelligkeit im Umgang mit den Waffen verschmolzen mit Takeshis Stärke und Entschlossenheit. Gemeinsam schufen sie ein Bollwerk gegen die Dunkelheit. Der heilige Schrein im Zentrum des Schlachtfeldes wurde zum Fokus des Kampfes. Hier versuchte die Dunkelheit, ihre ultimative Macht zu entfesseln und die Prophezeiung, die Aikiko entdeckt hatte, zu erfüllen. Aikiko, deren Fähigkeiten sich weiterentwickelt hatten, erkannte, dass der Schlüssel zur Dunkelheit nicht nur im Schwert lag, sondern auch in ihrer Verbindung zur Prophezeiung. In einem Augenblick der Erleuchtung enthüllte ihr Traum von der Prophezeiung die wahre Bedeutung ihrer Bestimmung.

Aikiko stellte sich der Dunkelheit allein am Schrein. Die Dunkelheit manifestierte sich in einer schrecklichen Gestalt, die die Welt zu verschlingen drohte. Diese Gestalt, die die Dunkelheit manifestierte und als Akuma, aus den Mythen bekannt war, nahm die Form eines gigantischen, schattenhaften Ungeheuers an. Der Körper war von pechschwarzem Rauch umhüllt und schien sich unaufhörlich zu verzerren und zu verdrehen. Sie hatte einen massiven, muskulösen Oberkörper, der von einer schwarzen Rüstung bedeckt war, die wie Obsidian glänzte. Akuma hatte klaffende, leere Augenhöhlen, aus denen glühend rote Augen starrten, die in der Dunkelheit aufleuchteten wie Kohlen. Sein Gesicht war von einer Fratze des Zorns verzerrt, und die langen, knöchernen Finger endeten in scharfen, krallenartigen Nägeln. Seine Beine waren mächtig und endeten in schweren, schwarzen Hufen, die mit scharfen Zacken besetzt waren. Als er sich bewegte, hinterließ er einen brennenden Pfad aus lodernden Flammen. Akuma strahlte eine unheimliche und bedrohliche Präsenz aus, die das Herz mit Furcht erfüllte. Sein Anblick allein ließ das Blut gefrieren und verkündete die schreckliche Macht, die die Dunkelheit aufgeboten hatte.

Aikiko konzentrierte all ihre Kräfte um das Wissen aus der Prophezeiung. Der Kampf zwischen Aikiko und Akuma entfaltete sich wie ein epischer Tanz zwischen Licht und Dunkelheit, ein verzweifelter Kampf um Leben und Tod. Die beiden Gegner standen sich inmitten des heiligen Schreins gegenüber, wo die Dunkelheit ihren Höhepunkt erreicht hatte. Aikiko hielt ihr Schwert fest in der Hand, ihre Augen fest auf Akuma gerichtet. Ihr Herz pulsierte vor Entschlossenheit, und ihr Geist war fest entschlossen, die Dunkelheit zu besiegen. Ihre Bewegungen waren geschmeidig und präzise, einer wahren Kunoichi aller Ehren wert, jede Attacke sorgfältig durchdacht und mit all ihrer Stärke ausgeführt.

Akuma, der Dämon der Dunkelheit, schien aus Schatten selbst geformt zu sein. Seine Angriffe waren wild und chaotisch, als würde er versuchen, Aikiko in einem Strudel aus Finsternis zu verschlingen. Seine rasiermesserscharfen Klauen schnitten durch die Luft und hinterließen einen brennenden Pfad. Der Kampf tobte unaufhörlich, und die umliegende Natur wurde von den Auswirkungen des Konflikts erschüttert. Bäume wurden entwurzelt, Felsen zerbarsten, und der Boden bebte unter der Wucht der Schlacht. Die Klänge von Stahl auf Schatten und das Aufheulen des Windes vermischten sich zu einer gewaltigen

Symphonie des Kampfes. Aikiko und Akuma schienen gleichwertige Gegner zu sein, und ihr Kämpf war ein ständiges Auf und Ab. Doch Aikikos Entschlossenheit und ihre Verbindung zur Prophezeiung gaben ihr die Kraft, sich gegen die Dunkelheit aufzulehnen. Im entscheidenden Augenblick führte Aikiko einen mächtigen Schnitt aus, der das Herz von Akuma traf. Ein gleißendes Licht durchdrang die Dunkelheit, und der Dämon begann zu schwinden. Seine schreckliche Hülle zerfiel, bis nur noch ein leises Flüstern im Wind blieb.

Takeshi stellte sich mit seinen verbündeten aus dem Iga-Clan der Dunklen Organisation mutig entgegen, während Asano seine Truppen anführte, um die Dunklen Krieger aufzuhalten. Es entbrannte ein erbitterter Kampf zwischen Licht und Dunkelheit, bei dem die Zukunft des Reiches auf dem Spiel stand.

Noch vorher, während des Kampfes enthüllten Aikiko und Takeshi die Machenschaften des Kaisers, die sie zuvor nicht gekannt hatten. Sie erfuhren, dass der Kaiser sich mit der Dunklen Organisation verbündet hatte, um seine Macht zu festigen und das Reich nach seinen eigenen dunklen Plänen zu formen. Dies war der Grund für seine Zusammenarbeit mit den finsteren Kräften. Die Schlacht am Schrein des Drachentors wurde zu einem epischen Kampf um das Schicksal des Reiches. Unsere Helden kämpften mit all ihrer Kraft und überwanden die Dunkelheit, die den Kaiser gefangen hielt. Ihre Entschlossenheit und ihre Verbindung zu den Kräften des Lichts erwiesen sich als stärker als die finsteren Machenschaften des Kaisers und der Dunklen Organisation. Schließlich gelang es ihnen, den Kaiser aus den Klauen der Dunkelheit zu befreien und die Dunkle Organisation zu besiegen. Der Schrein des Drachentors wurde von der

Dunkelheit gereinigt, und das Reich war gerettet.

Die politische Landschaft am Kaiserhof änderte sich grundlegend, und die Wahrheit über die Intrigen des Kaisers wurde enthüllt. General Kuroda, Hofdame Miyuki und der geheimnisvolle Spion hatten sich Aikiko angeschlossen, als sie bemerkten, dass sie wohl die Kunoishi aus der Prophezeiung sei, die das Reich wieder stabilisieren konnte.

Die Dunkle Bedrohung war besiegt, aber die Reise von Aikiko und Takeshi war noch nicht vorbei. Sie hatten nicht nur das Reich gerettet, sondern auch die Wahrheit über ihre eigene Herkunft und ihre Bestimmung entdeckt. Ihre Abenteuer würden weitergehen, denn das Schicksal des Reiches und die Prophezeiung hatten noch viele Geheimnisse zu offenbaren.

Der Kampf war vorbei, und die Dunkelheit war besiegt. Aikiko stand erschöpft und atemlos da, ihr Schwert in ihrer rechten, zitternden Hand, während das Licht des Sieges sie umgab. Sie und Ihre Verbündeten hatten das Reich gerettet und das Schicksal aufgehalten, doch die Dunkelheit, die sich zurückzog, lauerte weiter in den Schatten, bereit, wieder zuzuschlagen, wenn sie sich erholt haben würde. Gemeinsam hatten sie das Schicksal des Reiches verändert, aber die Dunkelheit war nicht endgültig besiegt. Inmitten der Trümmer und der Erschöpfung standen Aikiko und Takeshi, bereit, sich neuen Herausforderungen zu stellen und das Reich vor weiteren Bedrohungen zu schützen. Ihre Reise war jedoch noch nicht zu Ende.

Inmitten des Chaos der Schlacht wurden Opfer gebracht, und Aikiko erkannte, dass wahre Stärke oft Opfer und Opferbereitschaft erforderte. Es war ein Moment der Erkenntnis, der ihr Herz schwer machte. Es war Takeshi, der ihr die Bedeutung von Opfern und Opferbereitschaft klar machte. Er hatte in seinem Leben bereits viele Fehler begangen und viele Dinge verloren, die ihm am Herzen lagen. Doch er hatte gelernt, dass Opfer manchmal notwendig waren, um das größere Gute zu erreichen. Takeshi erzählte Aikiko von seiner eigenen Vergangenheit und von den Dingen, die er für das Reich und für diejenigen, die er liebte, aufgegeben hatte. Er hatte erkannt, dass wahre Stärke nicht nur physische Kraft bedeutete, sondern auch den Mut, Opfer zu bringen und für das einzustehen, was richtig war. Aikiko begriff, dass sie nicht alle Opfer verhindern konnte, aber sie konnte dafür sorgen, dass die Opfer nicht umsonst waren. Die Opfer, die gebracht wurden, würden nie vergessen werden, aber ihre Opferbereitschaft würde das Reich und seine Menschen in eine hoffnungsvolle Zukunft führen. Aikiko erkannte, dass wahre Stärke nicht nur in der Fähigkeit lag, das Schwert zu schwingen, sondern auch in der Bereitschaft, für das Gute zu kämpfen und Opfer zu bringen. Inmitten der

Verluste und der Dunkelheit hatte sie die Erlösung gefunden und das Reich vor dem Untergang bewahrt.

Nach der verheerenden Schlacht blieb das Reich von den Überresten der Dunkelheit gezeichnet. Die Spuren der Zerstörung waren allgegenwärtig, und die Menschen litten unter den Schrecken, die die Dunkelheit hinterlassen hatte. Aikiko, die Kunoichi, stand vor der Aufgabe, das Reich von den verbliebenen Schatten der Dunkelheit zu reinigen. Sie wusste, dass der Kampf noch nicht vorbei war, und dass es Zeit brauchen würde, das Land zu heilen. Aikiko führte eine Gruppe von Kämpfern und Gelehrten an, um die Überreste der Dunkelheit zu beseitigen. Sie durchkämmten das Land, befreiten verzauberte Orte von der Dunkelheit und sammelten Artefakte, die von der Dunkelheit verunreinigt worden waren. Diese Reinigung war keine einfache Aufgabe, Aikiko und ihre Gefährten mussten all ihre Fähigkeiten und ihr

Wissen einsetzen, um die Dunkelheit zu vertreiben. Doch sie taten es mit Entschlossenheit, denn sie wussten, dass das Reich nur dann Frieden finden konnte, wenn die Dunkelheit vollständig besiegt wurde. Während sie das Reich von den Überresten der Dunkelheit befreiten, begann der Wiederaufbau. Die Menschen arbeiteten zusammen, um ihre Städte und Dörfer wieder aufzubauen, und die Kunoichi half bei der Organisation und Koordination der Bemühungen. Inmitten der Zerstörung fand Aikiko Frieden. Sie hatte ihre Bestimmung gefunden und wusste, dass sie das Reich vor der Dunkelheit gerettet hatte. Die Menschen ehrten sie als Heldin, aber Aikiko blieb bescheiden und demütig. Der Wiederaufbau war nicht nur körperlich, sondern auch emotional anspruchsvoll. Die Menschen hatten viel verloren und trugen tiefe Wunden in ihren Herzen. Aikiko half ihnen, ihre Trauer zu bewältigen und neue Hoffnung zu finden. Sie organisierte

Versammlungen und Rituale, um die Gemeinschaft zu stärken und die Menschen zu ermutigen, sich gegenseitig zu unterstützen. Sie erkannte, dass wahre Stärke nicht nur im Kampf gegen äußere Feinde lag, sondern auch darin, füreinander da zu sein und gemeinsam aufzustehen.

Mit der Zeit kehrte Ruhe in das Reich zurück. Die Dunkelheit war besiegt, und die Menschen fanden Trost in der Gemeinschaft und in der Hoffnung auf eine bessere Zukunft. Aikiko hatte ihre Mission erfüllt, aber sie wusste, dass die Welt immer wieder mit Dunkelheit konfrontiert sein würde. Doch sie war bereit, sich den Herausforderungen zu stellen, und sie wusste, dass sie nie alleine sein würde. Das Reich hatte wieder Frieden gefunden, und die Rückkehr der Klarheit war ein Symbol für die Stärke und die Entschlossenheit der Menschen, sich gegen die Dunkelheit zu behaupten. Aikiko und Takeshi, die von ihrer Mission zurückgekehrt waren, ahnten noch nicht, welch dunkles Geheimnis sich hinter den Kulissen des Kaiserpalastes verbarg. Sie würden bald mit der schockierenden Wahrheit konfrontiert werden und sich fragen, wie tief die Dunkelheit tatsächlich reichte und wer wirklich Freund oder Feind war.

Takeshis wahre Bestimmung

Im Licht des wiedergefundenen Friedens standen Aikiko und Takeshi vor neuen Wegen und Herausforderungen. Takeshi, der einst auf der falschen Seite des Konflikts stand, fand seinen eigenen Weg zur Erlösung und zum Wiederaufbau. Er hatte erkannt, dass seine Fähigkeiten und sein Wissen eine wertvolle Ressource waren, die er nutzen konnte, um das Reich zu stärken. Takeshi entschied sich, sein Wissen und seine Erfahrungen an eine zukünftige Generation von Ninja weiterzugeben. Er gründete eine Ninja-Schule, in der junge Talente in den Künsten der Tarnung, des Schleichens und der Waffenkunst ausgebildet wurden. Takeshi stand vor einer gewaltigen Aufgabe, als er die Ninja-Schule gründete. Er hatte viel gelernt und erfahren, aber die Kunst, sein Wissen und seine Fähigkeiten an andere weiterzugeben, war eine neue Herausforderung. Dennoch war er entschlossen, seine Erfahrungen und sein Erbe zu teilen. Aikiko hatte ihn ermutigt diesen Weg zu gehen, denn schliesslich hatte er auch ihr vieles beibringen können.

Die Ninja-Schule begann klein, mit nur wenigen Schülern, die den Mut und die Entschlossenheit besaßen, das Erbe der Ninja zu erlernen. Takeshi unterrichtete sie persönlich, vermittelte ihnen zunächst die Grundlagen, die das Leben eines Ninjas ausmachten. Takeshi war nicht nur ein Lehrer, sondern auch ein Mentor. Er lehrte seine Schüler nicht nur die physischen Fähigkeiten, sondern auch die Prinzipien der Ehre, der Pflicht und der Opferbereitschaft, die für ein wahrer Ninja von entscheidender Bedeutung waren. Er erzählte ihnen von seinen eigenen Fehlern und seinem Weg zur Erlösung. Er betonte, dass wahre Stärke nicht nur im Kampf lag, sondern auch im Herzen und im Geist. Seine Schüler lernten, dass sie nicht nur Werkzeuge des Kaisers waren, sondern auch Hüter des Friedens und der Gerechtigkeit.

Die Ninja-Schule war nicht ohne Herausforderungen. Die Ausbildung war anspruchsvoll, und nicht jeder Schüler hatte das Talent oder die Entschlossenheit, ein Ninja zu werden. Doch Takeshi ermutigte sie, niemals aufzugeben und ihre Fähigkeiten zu entwickeln. Im Laufe der Zeit wuchs die Schule, und Takeshi hatte eine engagierte Gemeinschaft von Ninja aufgebaut, die das Reich beschützten und den Weg der Ninja ehrten. Sie wurden zu einem wichtigen Teil der Verteidigung des Reiches und halfen, den Frieden zu bewahren. Takeshis Lebenswerk wurde am Ende zur Ninja-Schule des Kaisers und die Schüler, welche die Ausbildung geschafft haben, kamen in des Kaisers Leibgarde. Takeshi selbst wurde zu einer respektierten Figur im Reich. Seine Lehren und seine Taten wurden bekannt, und sein Name wurde mit Ehre und Respekt ausgesprochen.

Doch er blieb demütig und bescheiden, immer darauf bedacht, dass sein Erbe in den Herzen seiner Schüler weiterlebte. Seine Zeit als Lehrer und Mentor war, erfüllt von Herausforderungen, aber auch von Erfolgen und Freude. Er hatte eine neue Generation von Ninja ausgebildet, die bereit waren, das Erbe der Tapferkeit und Entschlossenheit fortzuführen. Takeshi hatte seinen eigenen Weg zur Erlösung gefunden, und nun half er anderen, ihren eigenen Weg zu finden. Seine Geschichte war ein Beispiel dafür, dass man selbst aus Fehlern lernen konnte und dass wahre Stärke im Teilen von Wissen und Werten lag. Die Ninja-Schule, die er gegründet hatte, würde für immer ein Symbol seiner Hingabe und seiner Entschlossenheit sein, das Reich zu schützen und gegen die Dunkelheit zu stellen.

Die Geheimnisse des Spions

Der geheimnisvolle Spion, der als "der Schatten" bekannt war, hatte über die Jahre hinweg Informationen über Aikiko und Takeshi gesammelt, die den Krieger des Lichts und die Kunoishi, schockieren sollten. Seine Enthüllungen würden die Grundfeste ihrer Identität erschüttern und eine neue Dimension ihrer Mission offenbaren.

Es war eine stürmische Nacht, als der Schatten sich entschloss, die Wahrheit ans Licht zu bringen. Er hatte seine Informationen sorgfältig gesammelt und war bereit, Aikiko und Takeshi zu konfrontieren. Der Ort seiner Wahl war ein abgelegener Tempel in den Bergen, weit entfernt von neugierigen Blicken. Aikiko und Takeshi hatten eine geheime Botschaft erhalten und waren zu diesem Ort geeilt. Die Spannung war spürbar, als sie den Tempel betraten, und die Dunkelheit der Nacht schien ihre Unsicherheit zu spiegeln. Der Schatten wartete geduldig auf sie, sein Gesicht hinter einem schwarzen Schleier verborgen.

"Warum habt ihr uns hierher bestellt?" fragte Aikiko mit einer Mischung aus Neugier und Vorsicht. Der Schatten trat aus dem Dunkel hervor und enthüllte sein Gesicht, das von Narben gezeichnet war, die Zeugen seiner gefährlichen Lebensweise als Spion waren. "Ihr müsst die Wahrheit erfahren", sagte er mit einer düsteren Stimme. "Über eure Herkunft, eure Bestimmung und die dunklen Mächte, die eure Schritte seit jeher verfolgen." Er begann, seine Enthüllungen zu präsentieren, und die Geschichte, die er erzählte, war so unglaublich wie verstörend.

Aikiko und Takeshi erfuhren, dass sie beide Nachkommen einer uralten Linie von Kriegern waren, die einst dazu auserwählt wurden, das Gleichgewicht zwischen Licht und Dunkelheit zu wahren. Diese Linie wurde von

Generation zu Generation weitergegeben, und die Prophezeiung, die sie entdeckt hatten, war Teil einer lang vergessenen Überlieferung. Die Dunkle Organisation, der der Schatten einst angehörte, hatte versucht, die Linie der Krieger des Lichts zu vernichten, da sie in ihnen eine Bedrohung für ihre dunklen Pläne sah. Der Kaiser selbst hatte sich mit der Dunklen Organisation verbündet, um die Krieger des Lichts auszulöschen und seine Macht zu festigen. Die Enthüllungen des Schattens gingen aber noch weiter. Er offenbarte, dass Aikiko und Takeshi eine einzigartige Verbindung zueinander hatten, die über ihre Partnerschaft als Krieger des Lichts hinausging. Sie waren Seelenverwandte, deren Schicksale miteinander verknüpft waren. Ihre Liebe und Verbundenheit waren ein mächtiges Werkzeug gegen die Dunkelheit. Die Dunkle Organisation hatte versucht, diese Verbindung zu unterbinden, aber sie hatten überlebt und sind gestärkt zurückgekehrt. Aikiko und Takeshi waren tief erschüttert von diesen Enthüllungen. Ihre Welt wurde auf den Kopf gestellt, und sie mussten sich fragen, wer sie wirklich waren und welches Schicksal sie erwartete. Der Schatten bot ihnen seine Hilfe an, auf der Suche nach Antworten über ihre eigene Herkunft und Bestimmung. Die Enthüllungen des Schattens hatten ihre Reise zu einem neuen Kapitel geführt, das von Geheimnissen, Schicksal und der unaufhaltsamen Kraft des Lichts geprägt war.

Kaiserin Aikiko?

Die Entscheidung von General Kuroda, Hofdame Miyuki und dem geheimnisvollen Spion, sich auf Aikikos Seite zu stellen, war das Ergebnis einer tiefgreifenden Veränderung in ihrem Denken und ihrer Loyalität. Diese dramatische Wendung kam in einem entscheidenden Moment der Offenbarung und des Umbruchs zustande, der das Schicksal des Reiches in Frage stellte. Es begann mit Gerüchten über eine Prophezeiung, die das Ende der Kaiserherrschaft voraussagte und auf die Ankunft einer neuen Führung hinwies. General Kuroda, Hofdame Miyuki und der Spion hörten von diesen Prophezeiungen und begannen, sie ernsthaft in Betracht zu ziehen. Die Vorstellung, dass das Kaiserreich vor einer drastischen Veränderung stand, löste Unruhe und Unsicherheit in ihren Köpfen aus. Der Machtwechsel kam ins Rollen, als Aikiko zur Kunoichi ausgebildet wurde und ihre außergewöhnlichen Fähigkeiten und ihren starken Glauben an die Gerechtigkeit des Reiches zeigte. Dies weckte Zweifel an ihrer bisherigen Unterstützung für den aktuellen Kaiser, dessen dunkle Machenschaften und Machtansprüche immer deutlicher wurden.

Ein entscheidender Moment trat ein, als Beweise für die Verschwörung des Kaisers ans Licht kamen. Der Spion, der Zugang zu Insiderinformationen hatte, lieferte diese entscheidenden Beweise für die Intrigen und die wahren Absichten des Kaisers. Diese Beweise machten die Bedrohung für das Reich noch deutlicher und verstärkten die Überlegungen von General Kuroda, Hofdame Miyuki und dem Spion. Schließlich hatten sie die Gelegenheit, Aikiko persönlich zu treffen und ihre Entschlossenheit und ihren Glauben an die Gerechtigkeit des Reiches zu erleben. Ihre Charakterstärke und ihr Wunsch, das Reich zu schützen, hinterließen einen tiefen Eindruck bei den Dreien und brachten sie dazu, ihre eigenen Prioritäten und Loyalitäten zu überdenken. In einer inneren Gewissenskrise, die von den Enthüllungen und den Begegnungen mit Aikiko ausgelöst wurde, trafen General Kuroda, Hofdame Miyuki und der Spion schließlich die Entscheidung, sich auf die Seite der Kunoichi zu stellen. Sie erkannten, dass ihre Fähigkeiten und Ressourcen besser für das Wohl des Reiches eingesetzt werden konnten, und dass sie die Veränderung herbeiführen wollten, die das Reich dringend benötigte. Diese dramatische Wendung brachte nicht nur eine Änderung der Machtverhältnisse mit sich, sondern auch eine Verschiebung der Loyalitäten und Allianzen, die das Schicksal des Kaiserreichs entscheidend beeinflusste. Ihre Entscheidung, auf die Seite der Gerechtigkeit und des Wohlstands zu wechseln, wurde zu einem entscheidenden Moment in der

Geschichte des Reiches und ebnete den Weg für eine bessere Zukunft.

Aikiko setzte ihre Reise durch das Reich fort, stets auf der Suche nach Antworten über sich. Doch in ihrem Herzen trug sie die Erinnerung an die Prophezeiung, die sie während ihrer Mission gegen die Dunkelheit entdeckt hatte. Die Prophezeiung war ein Rätsel, das ihr keine Ruhe ließ. In ihren Träumen und Visionen sah sie immer wieder geheimnisvolle Symbole und Bilder, die auf eine größere Bedeutung hinwiesen. Sie wusste, dass die Prophezeiung eine Verbindung zu ihrer eigenen Herkunft hatte und dass sie eine wichtige Rolle in der Zukunft des Reiches spielen würde. Auf ihrer Reise traf sie auf Weise und Gelehrte, die ihr bei der Entschlüsselung der Prophezeiung halfen. Gemeinsam entschlüsselten sie die rätselhaften Symbole und erkannten, dass die Prophezeiung von einer uralten Legende sprach, die die Wiederkehr des Lichts und die Dunkelheit voraussagte. Aikiko erkannte, dass sie dazu berufen war, die Worte der Prophezeiung zu erfüllen. Ihre Reise war kein Zufall, sondern Teil eines größeren Plans, der das Schicksal des Reiches lenkte. Sie war bereit, sich ihrer Bestimmung zu stellen, selbst wenn der Weg ungewiss und gefährlich war. Mit jedem Schritt auf ihrer Reise wurde Aikiko stärker und weiser. Sie lernte, ihre neu entdeckten Fähigkeiten zu beherrschen und sich den Herausforderungen zu stellen, die das Schicksal ihr entgegenwarf. Sie wusste, dass sie nicht alleine war, denn die Freunde und Verbündeten, die sie auf ihrer Reise gefunden hatte, standen ihr treu zur Seite.

Die Prophezeiung, die Aikiko während ihrer Abenteuer und ihrer Suche nach ihrer eigenen Herkunft entdeckt hatte, trug ein Geheimnis von ungeheurer Tragweite in sich. Sie sprach von einer Schicksalswendung, die das gesamte Reich beeinflussen würde. In den Worten der Prophezeiung hieß es, dass eine mächtige Kriegerin, auserwählt vom Himmel und gestählt im Kampf gegen die Dunkelheit, das Reich vor einer unvorstellbaren Bedrohung bewahren würde. Diese Kriegerin schließlich die Kaiserin des Reiches werden. Die Prophezeiung beschrieb auch eine Herausforderung von ungeahntem Ausmaß, die das Reich und seine Menschen bedrohen würde. Es hieß, dass die Dunkelheit, die einst besiegt worden war, in einer anderen Form zurückkehren würde, und nur die auserwählte Kaiserin und ihre Verbündeten würden in der Lage sein, sie aufzuhalten.

Aikiko war zutiefst bewegt und zugleich beunruhigt von dieser Prophezeiung. Die Vorstellung, Kaiserin zu werden und die Verantwortung für das gesamte Reich zu tragen, war überwältigend. Sie hatte sich immer als Dienstmagd oder später als Kriegerin gesehen, die im Dienst des Kaisers stand, aber Kaiserin zu sein, war eine Vorstellung, die sie kaum fassen konnte. Doch sie wusste auch, dass sie das Vertrauen des Kaisers gewonnen hatte und dass ihr Herz für das Reich schlug. Sie konnte nicht vor ihrer Bestimmung fliehen, selbst wenn der Weg ungewiss und gefährlich war. Die Prophezeiung trieb Aikiko an, sich noch mehr auf ihre Fähigkeiten und ihre Aufgabe vorzubereiten. Sie wusste, dass die Dunkelheit nicht für immer besiegt war und dass ihre Rolle als zukünftige Kaiserin von entscheidender Bedeutung sein würde. Mit jedem Abenteuer, das sie auf ihrer Reise erlebte, wuchs sie nicht nur als Kriegerin, sondern auch als Führerin. Sie lernte, die Verantwortung für das Reich zu akzeptieren und sich auf die Herausforderungen vorzubereiten, wie es in der Prophezeiung verhieß. Ihre Freunde und Verbündeten standen ihr treu zur Seite und unterstützten sie auf ihrem Weg zur Kaiserin. Gemeinsam würden sie die Dunkelheit besiegen und das Reich vor der dunklen Bedrohung schützen. Aikiko, die Kaiserin des

Reiches, würde nicht nur eine Kaiserin sein, sondern auch die Hüterin des Schicksals. Ihre Reise war noch lange nicht zu Ende, und die Prophezeiung würde ihr Leben und das des gesamten Reiches für immer verändern.

Die Intrigen und Machenschaften am Kaiserhof erreichten ihren Höhepunkt, als General Kuroda, die intrigante Hofdame Miyuki und der geheimnisvolle Spion, der als der "Schatten" bekannt war, ihre Kräfte bündelten, um den Kaiser zu stürzen und Aikiko zur Kaiserin zu erheben. Jahrelang hatten sie im Verborgenen die Fäden gezogen, um den Kaiser zu schwächen und die Unterstützung mächtiger Kriegsherren zu gewinnen. Sie schürten Misstrauen am Hof und verbreiteten Gerüchte über die Schwächen des Kaisers. Ihre eigenen Ambitionen trieben sie an, die Macht zu ergreifen und das Reich nach ihren Vorstellungen zu formen. Die Verschwörung begann mit subtilen Schachzügen.

Die Hofdame Miyuki schmiedete Allianzen mit einflussreichen Höflingen und erweckte den Eindruck, sie sei die vertrauenswürdigste Beraterin des Kaisers. General Kuroda hingegen baute eine schlagkräftige Armee auf und sicherte sich die Unterstützung von Generälen und Adligen. Der "Schatten", der im Dunkeln operierte, beschaffte geheime Informationen über den Kaiserhof und nutzte sie geschickt, um Unruhe und Misstrauen zu säen. Selbst die loyale Garde des Kaisers war von diesem gefürchteten Spion nicht sicher. Die Verschwörer planten ihren Putsch mit großer Präzision. General Kuroda hatte seine Truppen in strategisch wichtigen Positionen stationiert, während Miyuki das Vertrauen des Kaisers missbrauchte und ihn von seinen Beratern isolierte. In einer entscheidenden Nacht, als der Kaiser ahnungslos schlief, stürmte General Kuroda mit seinen Truppen den Palast. Die Garde des Kaisers wurde überrascht und überwältigt. Der Kaiser wurde gefangen genommen und abgesetzt, während die Verschwörer die Kontrolle über den Hof übernahmen.

Aikiko hatte von den Plänen der Verschwörer erfahren und war bereit, sich ihrem Schicksal zu stellen. Sie wusste, dass die Prophezeiung, die sie einst entdeckt hatte, sie zur Kaiserin rief, um das Reich vor der Dunkelheit zu schützen. Einst unterstützt von loyalen Verbündeten, darunter Takeshi und die Ninja des Iga-Clans, kämpfte Aikiko gegen die Truppen des Kaisers und der Dunklen Organisation. Es war ein erbitterter Konflikt im Herzen des Kaiserreiches.

Die Wahrheit kommt ans Licht

Die Atmosphäre im Kaiserpalast war angespannt, als Aikiko und ihre Verbündeten sich ihren Weg durch die Korridore bahnten. In einem versteckten Raum, tief im Inneren des Palastes, stießen sie auf die schreckliche

Wahrheit. Die Verschwörung des Kaisers wurde durch Schriftrollen, Dokumenten und geheime Aufzeichnungen belegt, die seine Generäle und seine Verbündeten sorgfältig versteckt hatten. Diese Papiere zeigten, wie der Kaiser heimlich die Feinde des Reiches unterstützte, indem er ihnen Waffen, Ressourcen und Geheiminformationen lieferte. Aikiko konnte es kaum fassen. Der Mann, dem sie einst ihre Treue geschworen hatte, hatte das Reich, das er schützen sollte, verraten. Seine gierigen Ambitionen hatten das Volk und das Land in große Gefahr gebracht. Als sie diese schockierenden Beweise präsentierten, konnte der Kaiser keine Ausflüchte mehr finden. Sein Gesicht, einst von Macht und Stolz gezeichnet, war nun von Scham und Reue erfüllt. Er gestand seine Vergehen ein und bat um Vergebung vor seinem Hof und seinem Volk. Hofdame Miyuki, die einst seine treue Komplizin in der Verschwörung war, verurteilte seine Taten mit deutlichen Worten. "Du hast die Ehre deines Amtes und das Vertrauen des Volkes missbraucht", sagte sie streng. "Die Konsequenzen deiner Taten sind unausweichlich." Nachdem die erschütternde Verschwörung des Kaisers ans Tageslicht gekommen war, sah er sich mit den schwerwiegenden Konsequenzen seiner Handlungen konfrontiert. Die Macht, die er einst mit großer Autorität ausgeübt hatte, war ihm nun entrissen worden, und er wurde vor eine ad-hoc-Gerichtsbarkeit gestellt, die aus Weisen und unabhängigen Richtern bestand. Der Prozess gegen den ehemaligen Kaiser war ein historisches Ereignis von ungeahntem Ausmaß. Der Gerichtssaal war gefüllt mit Mitgliedern des Hofes, Vertretern des Volkes und Rechtsgelehrten, die sich versammelt hatten, um Gerechtigkeit walten zu lassen. Die Anklagepunkte gegen den Kaiser waren gravierend: geheime Allianzen mit feindlichen Clans, das Liefern von Waffen und Ressourcen an Rebellen, sowie die skrupellose Planung eines Krieges, der das Reich in den Abgrund ziehen sollte.

Die Beweise, darunter Schriftrollen, Zeugenaussagen und Dokumente, die Aikiko und ihre Verbündeten während ihres heroischen Kampfes gesammelt hatten, wurden vor Gericht präsentiert. Die Stille im Gerichtssaal war fast greifbar, als die Wahrheit über die Verschwörung des Kaisers enthüllt wurde. Der Kaiser, einst stolz und mächtig, saß nun regungslos auf der Anklagebank. Er wurde der schuldigen Handlungen, die er begangen hatte, für schuldig befunden und verurteilt. Die Strafe, die über ihn verhängt wurde, war eine tiefe Entehrung. Er wurde offiziell von der politischen Bühne verbannt und von seinen kaiserlichen Privilegien und Ehren beraubt. Sein Name wurde aus den Aufzeichnungen des Reiches getilgt, und er verlor jeden Anspruch auf den Thron. In einem demütigenden Akt wurde der ehemalige Kaiser aus dem Kaiserpalast verbannt und in ein abgelegenes Kloster geschickt. Dort sollte er den Rest seines Lebens in Buße und Abgeschiedenheit verbringen, fernab von jeglicher politischen Macht und dem Glanz seines einstigen Lebens. Der ehemalige Kaiser, einst der mächtigste Mann des Reiches, beendete sein Leben in der Isolation und in Schande. Seine Regierungszeit wurde als dunkles Kapitel in der Geschichte des Reiches in Erinnerung bleiben, während Aikiko als Kaiserin das Reich in eine neue Ära des Friedens und der Gerechtigkeit führte.

Die Amtseinführung

Die Amtseinführung von Aikiko zur Kaiserin war ein spektakuläres Ereignis, das im ganzen Reich mit Spannung erwartet wurde. Der Tempelhof, ein weitläufiges Gelände mit majestätischen Tempeln und prächtigen Gärten, war der Ort für diese historische Zeremonie. Die Vorbereitungen waren akribisch und sorgfältig durchgeführt worden, um sicherzustellen, dass die Amtseinführung zur Kaiserin ein unvergessliches Ereignis wurde. Der Tempelhof erstrahlte in einem Meer von Farben und Blumen. Tausende von Laternen und Fackeln wurden entzündet, und der Himmel war mit einem Meer von Feuerwerken beleuchtet, die in den nächtlichen Himmel stiegen und ein magisches Spektakel boten.

Die Gästeliste war beeindruckend und repräsentierte die Elite des Reiches. Adelige, Daimyos, hohe Beamte, Gelehrte und berühmte Künstler waren gekommen, um Zeugen dieses historischen Ereignisses zu werden. Die Atmosphäre war elektrisierend, als die Menschenmassen verheissungsvoll auf die Ankunft der neuen Kaiserin warteten. Aikiko, in einem prächtigen Kimono aus Seide und Gold bestickt, wurde von ihren engsten Vertrauten begleitet, darunter Takeshi, der an ihrer Seite stand. Sie betrat den Tempelhof, begleitet von einer feierlichen Prozession, und der Jubel der Menge brach los. Die Zeremonie begann mit traditionellen Ritualen, bei denen Aikiko ihre Eide als Kaiserin schwor. Sie gelobte, das Reich mit Weisheit, Güte und Gerechtigkeit zu regieren und das Wohl des Volkes an oberste Stelle zu setzen. Die heiligen Priester führten die Rituale durch, während die Menge andächtig zuschaute. Der Höhepunkt der Zeremonie war die Krönung von Aikiko zur Kaiserin. Die Krone, ein Symbol der königlichen Macht und Autorität, wurde ihr auf das Haupt gesetzt, während sie auf dem Thron saß. Die Menge erhob sich, um ihre neue Kaiserin zu bejubeln. Die Kaiserin hielt ihre Antrittsrede, in der sie ihre Vision für das Reich darlegte. Sie sprach von Einheit, Frieden und Wohlstand und versprach, die dunklen Kapitel der Vergangenheit hinter sich zu lassen und in eine glänzende Zukunft zu blicken.

Die Amtseinführung zur Kaiserin dauerte die ganze Nacht, und der Tempelhof erstrahlte im Glanz von Tausenden von Laternen und Fackeln. Die Menschen feierten, tanzten und ja, sie waren glücklich unter dem Sternenhimmel und hoffnungsvoll das neue Zeitalter zu begrüßen. Aikiko, die neue Kaiserin, fühlte sich demütig und entschlossen zugleich. Sie trug die Bürde der Verantwortung für das Reich, aber sie hatte auch das Licht des Schicksals in sich, das sie dazu berufen hatte, das Reich zu führen und die Dunkelheit zu besiegen. Die Amtseinführung zur Kaiserin war nicht nur eine Feierlichkeit, sondern auch ein Versprechen für die Zukunft. Das Reich konnte nun auf eine starke und weise Führung zählen, die das Volk durch die Herausforderungen und Abenteuer, die noch vor ihnen lagen, führen würde.

Nachdem General Kuroda seine Loyalität gewechselt und an Aikikos Seite gestellt hatte, war seine Zukunft zunächst unsicher. Seine Vergangenheit als treuer Berater des ehemaligen Kaisers und seine Beteiligung an der Verschwörung hatten ihn belastet. Doch Aikiko, nun Kaiserin, erkannte, dass seine militärische Erfahrung und sein strategisches Geschick für das Reich von unschätzbarem Wert sein konnten. Kaiserin Aikiko entschied sich, General Kuroda zu begnadigen und ihm eine zweite Chance zu geben. Dies war keine leichte Entscheidung, aber sie glaubte an die Möglichkeit der Umkehr und daran, dass General Kuroda sein Engagement für das Reich unter Beweis stellen könnte. General Kuroda, von der Gnade der Kaiserin überwältigt, legte einen Eid der Treue ab und versprach, sein Bestes zu geben, um das Reich zu unterstützen und wiederherzustellen. Er wurde in Aikikos Regierung aufgenommen und erhielt eine wichtige Position, in der er seine militärischen Fähigkeiten und sein taktisches Wissen einsetzte, um dem Reich zu dienen.

Seine Erfahrung und sein Engagement waren entscheidend für die Wiederherstellung von Frieden und Stabilität im Reich. Gemeinsam mit Aikiko arbeitete er daran, die politische Landschaft zu bereinigen, die nach der Enttarnung der dunklen Machenschaften des Kaisers stark zerrüttet war. Im Laufe der Zeit gewann General Kuroda nicht nur das Vertrauen der Kaiserin, sondern auch das Vertrauen des Volkes. Er wurde zu einem Symbol der Umkehr und der Möglichkeit, sich von früheren Fehlern zu erholen. Sein Einsatz für das Reich und sein Beitrag zur Erneuerung des Landes trugen dazu bei, die Nation wieder auf den Weg des Fortschritts und der Einheit zu führen. General Kuroda bewies, dass wahre Veränderung und Wiedergutmachung möglich waren, selbst nach schweren Fehlern in der Vergangenheit. Seine Geschichte wurde zu einer inspirierenden Botschaft für das gesamte Reich, die zeigte, dass es nie zu spät ist, auf die Seite des Guten und der Gerechtigkeit zu wechseln.

Hofdame Miyuki, die einst skrupellos nach Macht und Einfluss gestrebt hatte und in die Intrigen gegen den Kaiser verwickelt war, erlebte nach ihrem Handeln während des Machtwechsels eine bemerkenswerte Wandlung. Nachdem die Verschwörung des Kaisers aufgedeckt worden war und Aikiko als Kaiserin eingesetzt worden war, wurde Hofdame Miyuki zunächst von vielen mit Misstrauen betrachtet. Ihr Name war eng mit den dunklen Machenschaften des ehemaligen Kaisers verbunden, und es war schwer, ihr vollständig zu vertrauen. Jedoch überraschte Hofdame

Miyuki alle, indem sie sich öffentlich von ihren früheren Taten distanzierte und ihre Bereitschaft erklärte, sich für das Wohl des Reiches und der neuen Kaiserin einzusetzen. Sie gestand ihre Fehler und bot ihre Hilfe bei der Aufklärung und Bereinigung der politischen Intrigen und Missstände am Hof an.

Kaiserin Aikiko, die um die Möglichkeit zur Umkehr und Veränderung wusste, gewährte Hofdame Miyuki eine Chance zur Wiedergutmachung. Sie erhielt eine wichtige Position am Hof, jedoch nicht mehr mit dem Ziel, nach Macht zu streben, sondern um ihre Fähigkeiten in den Diensten des Reiches einzusetzen. Hofdame Miyuki widmete sich ihrer neuen Rolle mit Hingabe und Eifer. Sie setzte sich für soziale Reformen ein und unterstützte Aikiko bei ihren Bemühungen, das Reich wieder aufzubauen und zu einen. Ihr Wandel wurde zu einer inspirierenden Geschichte von Umkehr und der Möglichkeit, selbst nach dunklen Taten einen positiven Beitrag zu leisten. Mit der Zeit gewann Hofdame Miyuki das Vertrauen und die Anerkennung des Hofes und des Volkes zurück. Ihre Geschichte wurde zu einem Beispiel dafür, dass selbst diejenigen, die in Intrigen und Machtspiele verwickelt waren, die Chance zur Wiedergutmachung und zur Umkehr haben können, wenn sie sich für das Gute und das Wohl des Reiches einsetzen.

Der geheimnisvolle Spion, der als der "Schatten" bekannt war und im Auftrag einer unbekannten Macht gehandelt hatte, fand sich nach dem Machtwechsel und Aikikos Amtsantritt als Kaiserin in einer heiklen Situation wieder. Seine Identität und seine Absichten blieben weiterhin im Dunkeln, und er hatte Informationen über die geheimen Angelegenheiten des Kaisers gesammelt, um Unruhe am Hof zu stiften. Nachdem Aikiko zur Kaiserin und die Verschwörung des ehemaligen Kaisers aufgedeckt wurde, war der "Schatten" gezwungen, sich vor der neuen Regierung zu verbergen. Er hatte viel zu verbergen und konnte nicht länger im Verborgenen operieren, da Aikiko und ihre Verbündeten ein wachsames Auge auf mögliche Bedrohungen für das Reich hatten.

Der "Schatten" stand vor einer Entscheidung: Weiterhin im Untergrund zu agieren und auf eigene Faust zu handeln oder seine Fähigkeiten und sein Wissen im Dienst der neuen Kaiserin und des Reiches einzusetzen. Er entschied sich schließlich für Letzteres, wobei er erkannte, dass Aikiko und ihr Streben nach Gerechtigkeit und Stabilität im Reich dem Wohl des Volkes dienten. So gab' er sich Kaiserin Aikiko zu erkennen, die für die Möglichkeit zur Umkehr und Veränderung stand und sie gewährte dem "Schatten" eine Chance zur Wiedergutmachung. Unter der Bedingung, dass er alle relevanten Informationen offenlegte und seine

Fähigkeiten zur Entdeckung weiterer Verschwörungen und Bedrohungen für das Reich nutzte, wurde er in die Dienste der neuen Regierung aufgenommen. Der "Schatten" arbeitete fortan im Geheimen, um das Reich vor weiteren Intrigen und feindlichen Elementen zu schützen. Sein Insiderwissen und seine Fähigkeiten zur Informationsbeschaffung erwiesen sich als unschätzbar wertvoll für Aikiko und ihre Regierung. Obwohl sein wahres Ziel und seine Identität ein Rätsel blieben, wurde der "Schatten" zu einem loyalen und effektiven Agenten in den Diensten des Reiches und half dabei, die Sicherheit und Stabilität im Kaiserreich zu gewährleisten. eine Geschichte blieb im Dunklen, aber seine Taten dienten dem Wohl des Volkes und der neuen Kaiserin.

Takeshis wahre Bestimmung

Im Licht des wiedergefundenen Friedens standen Aikiko und Takeshi vor neuen Wegen und Herausforderungen. Takeshi, der einst auf der falschen Seite des Konflikts stand, fand seinen eigenen Weg zur Erlösung und zum Wiederaufbau. Er, der «Krieger des Lichtes» hatte erkannt, dass seine Fähigkeiten und sein Wissen eine wertvolle Ressource waren, die er nutzen konnte, um das Reich zu stärken. Takeshi, der einst als Mitglied des Iga-Clans als Feind des Kaiserreichs galt, hatte während seiner Zeit an Aikikos Seite einen erstaunlichen Wandel durchgemacht. Er hatte seine Loyalität und sein Engagement für das Reich bewiesen und sich als wertvoller Verbündeter erwiesen. Kaiserin Aikiko wusste von seinen Stärken und Fähigkeiten und das seine Kenntnisse über die Ninja-Künste von unschätzbarem Wert für das Reich waren. Sie bat ihn, in ihrer Regierung eine wichtige Rolle zu übernehmen, um das Land zu stabilisieren und zu reformieren. Takeshi wurde zu einem engen Berater der Kaiserin und half bei der Bereinigung der politischen Landschaft. Er trug dazu bei, alte Feindseligkeiten zu überwinden und das Reich wieder aufzubauen. Seine Erfahrung als Ninja und sein taktisches Geschick half dabei, Verschwörungen aufzudecken und die Sicherheit des Reiches zu gewährleisten. Darüber hinaus wurde Takeshi zu einem Mentor für eine neue Generation von Ninja, die im Dienst des Reiches ausgebildet wurden. Er lehrte sie die Geheimnisse der Ninja-Künste und die Bedeutung von Loyalität und Pflicht gegenüber dem Kaiserreich.

Takeshi spielte auch eine Schlüsselrolle bei der Wahrung der Beziehungen zwischen der Kaiserin und dem Iga-Clan. Er vermittelte zwischen den ehemaligen Feinden und half dabei, Vertrauen und Verständnis aufzubauen, um eine dauerhafte Friedensregelung zu ermöglichen. Sein Beitrag zur Stärkung des Reiches und zur Sicherheit des Volkes wurde weithin anerkannt, und Takeshi wurde zu einem respektierten und verehrten Mitglied der Regierung. Sein Wandel von einem ehemaligen Feind des Reiches zu einem treuen Verteidiger und Lehrer war ein inspirierendes Beispiel für die Möglichkeit der Umkehr und der Beitrag zur Gerechtigkeit und zum Frieden.

Unter seiner Anleitung wurden die Ninja zu fähigen Verteidigern des Reiches ausgebildet. Takeshi blieb auch ein Botschafter für die Beziehungen zwischen dem Kaiserreich und dem Iga-Clan. Er arbeitete hart daran, die Gräben zwischen den ehemaligen Feinden zu überwinden und eine friedliche Koexistenz zu fördern. Sein Engagement trug dazu bei, die Spannungen zu reduzieren und das Vertrauen zwischen den Parteien wiederherzustellen. Obwohl Takeshi eine dunkle Vergangenheit als Mitglied des Iga-Clans hatte, wurde er im Laufe der Jahre zu einem Symbol der Versöhnung und der Möglichkeit der Umkehr. Seine Geschichte inspirierte viele im Reich und darüber hinaus, dass selbst diejenigen, die in der Vergangenheit Fehler begangen hatten, eine positive Veränderung bewirken und zur Sicherheit und Einheit ihres Landes beitragen konnten. Takeshis Lebenswerk und sein Beitrag zur Regierung und zum Kaiserreich hinterließen einen bleibenden Eindruck in der Geschichte des Landes und wurden von künftigen Generationen als wichtiger Teil des Erbes des Reiches geschätzt.

Die Geschichte von Aikiko - im Dienst des Kaisers findet ihren schönen Schluss in einer Zeit des Friedens und der Harmonie im Kaiserreich. Nachdem die Dunkelheit besiegt und die Verschwörung des Kaisers aufgedeckt wurde, blühte das Reich unter der weisen und gerechten Führung von Aikiko und ihren treuen Verbündeten auf. Die Menschen im

Kaiserreich erlebten eine Ära des Wohlstands und der Einheit, in der die Intrigen der Vergangenheit vergessen waren. General Kuroda, Hofdame Miyuki und der einstige Spion hatten sich zu wertvollen Beratern und Verteidigern des Reiches gewandelt, und ihre gemeinsame Anstrengung trug dazu bei, das Kaiserreich zu reformieren und zu stärken. Takeshi, der einstige Feind, hatte eine neue Generation von Ninja ausgebildet, die das Reich schützten und die Werte von Loyalität und Ehre hochhielten. Die Beziehungen zwischen dem Kaiserreich und dem Iga-Clan waren von Vertrauen und Zusammenarbeit geprägt, und die Feindseligkeiten der Vergangenheit waren vergessen. Die Prophezeiung, die das Schicksal des Reiches vorausgesagt hatte, erwies sich als wahr, und die Menschen lebten in einer Zeit des Friedens und der Hoffnung. Die Geschichte von Aikiko war eine Geschichte der Transformation und der Versöhnung, die zeigte, dass selbst die dunkelsten Zeiten durch den Glauben an das Gute überwunden werden konnten. So endete die Geschichte von Aikiko - im Dienst des Kaisers mit einem Bild des Glücks und der Einheit, dass die Herzen der Menschen im Kaiserreich erfüllte.

Herstellung und Verlag:
BoD – Books on Demand, Norderstedt
ISBN: 9783758321818